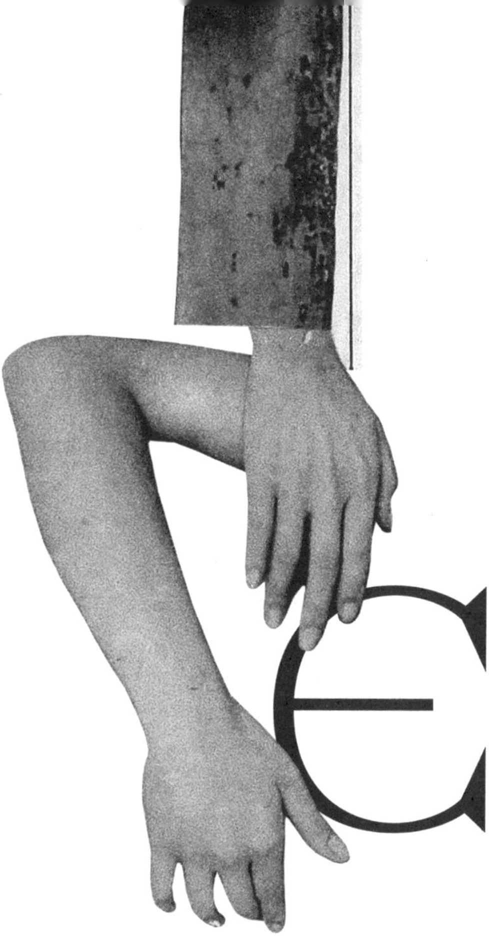

TRADUÇÃO
DIOGO
CARDOSO

DE PÉ, TÁ PAGO

GAUZ

ERCOLANO

TÍTULO ORIGINAL *Debout-Payé*
© Le nouvel Attila 2014, 127 avenue Parmentier, 75011 Paris
(www.lenouvelattila.fr). Publicado pela intermediação de Milena Ascione,
BooksAgent – França (www.booksagent.fr)
Esta publicação segue as normas do Acordo Ortográfico da Língua
Portuguesa, Decreto nº 6.583, de 29 de setembro de 2008.

TRADUÇÃO
Diogo Cardoso

EDIÇÃO
Régis Mikail

PREPARAÇÃO
Letícia Mei
Mariana Delfini

REVISÃO
Bárbara Waida

DESIGN
Tereza Bettinardi

ILUSTRAÇÕES
Manuela Eichner

PRODUÇÃO GRÁFICA
Lilia Góes

DIREÇÃO GERAL E EDITORIAL
Régis Mikail
Roberto Borges

DIREÇÃO DE COMUNICAÇÃO E MARKETING
Roberto Borges

COORDENAÇÃO EDITORIAL
Mariana Delfini

COORDENAÇÃO DE DESIGN
Tereza Bettinardi

COORDENAÇÃO COMERCIAL E DE EVENTOS
Mari Abreu

ASSISTÊNCIA ADMINISTRATIVA
Láiany Oliveira

ASSISTÊNCIA EDITORIAL E DE COMUNICAÇÃO
Victória Pimentel

PROJETO GRÁFICO
Estúdio Margem

REDES SOCIAIS
VICA Comunicação

DESIGN DE COMUNICAÇÃO
Chris Costa

MÍDIA
Contextual Links

ASSESSORIA DE IMPRENSA
Kulturális

CONSULTORIA FINANCEIRA
Daniela Senador

SITE
Agência Dígiti

Todos os direitos reservados
à Ercolano Editora Ltda.
© 2025.
A reprodução não autorizada
desta publicação, no todo
ou em parte, e em quaisquer
meios impressos ou digitais,
constitui violação de direitos
autorais (Lei nº 9.610/98).

AGRADECIMENTOS
Ana Lima Cecilio, Benoît Virot, Claire Eouzan,
Gabriel Semerene, Marilou Benzoni, Marion Loire,
Milena Ascione, Zilmara Pimentel

Este livro, publicado no âmbito do Programa de Apoio à Publicação 2024 Atlântico Negro da Embaixada da França no Brasil e da Temporada França-Brasil 2025, contou com o apoio à publicação do Institut Français assim como com o apoio do Ministério da Europa e das Relações Exteriores.

Cet ouvrage, publié dans le cadre du Programme d'Aide à la Publication 2024 Atlantique Noir de l'Ambassade de France au Brésil et de la Saison France-Brésil 2025, bénéficie du soutien des Programmes d'Aide à la Publication de l'Institut Français ainsi que du soutien du Ministère de l'Europe et des Affaires Etrangères.

*O que se segue é mera ficção. Qualquer semelhança com
pessoas reais não é mera coincidência.*

Para Céline

SUMÁRIO

12	PRÓLOGO
26	LIQUIDAÇÃO NA CAMAÏEU
46	A IDADE DO BRONZE 1960-1980
68	SEPHORA CHAMPS-ÉLYSÉES
90	A IDADE DO OURO 1990-2000
114	INTERVALO
122	DE VOLTA À SEPHORA CHAMPS-ÉLYSÉES
140	A IDADE DO CHUMBO
166	EPÍLOGO
172	SOBRE O AUTOR

Sephora... minha sobrinha, minha amada
O perfume perfeito deste país
Armand, teu pai, com palavras aladas
Enviadas ao paraíso, sorri

PRÓLOGO

NOVOS RECRUTAS. A LONGA FILA DE HOMENS NEGROS SUBINDO AS ESCADAS ESTREITAS SE PARECE COM UMA CORDADA SEM PRECEDENTES GALGANDO O K2, O FORMIDÁVEL TOPO DA CORDILHEIRA DO HIMALAIA. A SUBIDA É COMPASSADA EXCLUSIVAMENTE PELO RUÍDO DOS PASSOS NOS DEGRAUS.

As escadas são íngremes, os joelhos vão até o alto para vencê-las. Nove degraus, um patamar e mais nove degraus constituem um andar. Os passos são abafados por um grosso tapete vermelho estendido bem no meio de um vão estreito demais para permitir a passagem de dois homens ao mesmo tempo. A cordada se dilata com a progressão dos andares e do cansaço. De tempos em tempos dá para ouvir a respiração ofegante de alguém. No sexto andar, o primeiro da fila aperta o botão grande de um interfone-ciclope encimado pela lente escura de uma câmera de segurança. O enorme escritório aonde todo mundo chegou suado é um open space. A visão não é bloqueada por nenhuma divisória, até que se chegue a uma cabine de vidro na qual três letras sinalizam o território do macho alfa do lugar: CEO. Um guichê transparente oferece graciosamente uma vista dos telhados parisienses. Distribuição de formulários. A todo vapor. Aqui, recrutamos. Recrutamos seguranças. A empresa Protect-75 acaba de fechar uma importante contratação de seguranças para diversos estabelecimentos comerciais de Paris e região. A necessidade de mão de obra é imensa e urgente. O burburinho se espalhou rapidamente na "comunidade" africana. Congoleses, marfinenses, malineses, guineenses, benineses, senegaleses etc., o olho treinado identifica com facilidade as nacionalidades só pelo estilo das roupas. A combinação polo e calça jeans Levi's 501 dos marfinenses; a jaqueta de couro preta bem larga dos malineses; a camisa listrada enfiada por dentro das calças dos benineses e togoleses; os impressionantes mocassins, sempre bem engraxados, dos camaroneses; as cores inusitadas dos congoleses de Brazzaville e o estilo extravagante dos congoleses de Stanley... Na dúvida, o ouvido assume o controle, já que, na boca de um africano, os sotaques que a língua francesa assume são indícios de origem tão confiáveis quanto o cromossomo 21 excedente no diagnóstico da síndrome de Down ou um tumor maligno no diagnóstico de câncer. Os congoleses modulam, os camaroneses cantam, os senegaleses salmodiam, os marfinenses sincopam, os benineses e os togoleses oscilam, os malineses falam numa gíria de pretos...

Cada um mostra os poucos documentos necessários para a entrevista de emprego: documentos de identidade, o clássico cv e o cqp, uma espécie de autorização administrativa para trabalhar como profissional de segurança. Aqui, atribui-se a ele o título pomposo de "diploma". Há ainda a famosa carta de motivação: "integrar uma equipe dinâmica", "construir um plano de carreira com perspectivas de crescimento", "alinhar minha formação e minhas habilidades", "atenciosamente", "cordialmente", "meus mais sinceros cumprimentos" etc. Os circunlóquios medievais e as frases baba-ovo das cartas de motivação provocam risos num lugar desses e em tais circunstâncias. Todos que estão aqui têm uma boa motivação para isso, ainda que seja diferente dependendo de que lado do guichê você está. Para o macho alfa na cabine ao fundo do open space, ter o maior faturamento possível. Por quaisquer meios. Acomodar o máximo de pessoas possível é um desses meios. Para a cordada negra espalhada pela escadaria, sair do desemprego ou dos subempregos. Por quaisquer meios. Segurança é um desses meios. Relativamente acessível. A formação é das mais minimalistas, não se exige nenhuma experiência específica, os olhares são deliberadamente solidários em relação a questões administrativas, o perfil morfológico é supostamente adequado. Perfil morfológico... Os negros são robustos, os negros são grandalhões, os negros são fortes, os negros são obedientes, os negros dão medo. Impossível não pensar naquele monte de clichês do bom selvagem que está adormecido de modo atávico tanto em cada um dos brancos responsáveis pelo recrutamento quanto em cada um dos negros que passam a usar esses clichês a seu favor. Mas nesta manhã a história é outra. Estão cagando para isso. Além do mais, também há negros nas equipes de recrutamento. O ambiente é descontraído. Alguém até se arrisca a fazer uma alusão picante ao proeminente par de seios de uma das duas secretárias encarregadas da distribuição dos formulários de recrutamento. Cada um preenche sua solicitação de emprego com mais ou menos concentração. Nome, sobrenome, sexo, data e local de nascimento, estado civil, número da seguridade social etc. Esse será o teste intelectual mais desafiador da manhã. Alguns até chegam a bisbilhotar a folha do vizinho. Herança da época da escola ou insegurança. Quando alguém consegue escapar de um longo período de desemprego, bate uma insegurança.

A papelada roda de acordo com cada combinação possível entre o grupo de negros e a secretária peituda. Depois de ter rubricado e assinado algumas folhas em branco manchadas com frases esotéricas destinadas a nortear a relação de trabalho entre um futuro ex-desempregado e um futuro mandachuva, é distribuída a cada um dos membros do grupo uma bolsa contendo uma calça preta, um terno preto, uma gravata preta, uma camisa preta ou branca, um cronograma mensal indicando dias e locais de trabalho. Os contratos são por tempo indeterminado. Todos que entraram desempregados nessas repartições sairão daqui como seguranças. Quem já tem alguma experiência na profissão sabe o que os aguarda nos próximos dias: ficar de pé o dia inteiro em uma loja, repetir a tediosa proeza do tédio, todos os dias, até receber o pagamento no final do mês. De pé, tá pago. E não é assim tão fácil quanto parece. Para aguentar o tranco nessa profissão, para manter o profissionalismo, para não cair no comodismo ocioso ou, ao contrário, no excesso de cuidado imbecil e na agressividade ressentida, é preciso ser capaz de esvaziar a mente de qualquer consideração que se coloque acima do instinto ou do reflexo espinhal, ou é preciso ter uma vida interior muito intensa. Ser um cretino inveterado também é uma boa opção. Cada um com seu método. Cada um com seus objetivos. Cada um vai descer de volta os seis andares à sua maneira.

NA "CAPELA". Um bar mantido por um cabila, a loja de roupas de um chinês de Nanquim, a padaria da tunisiana, a lojinha de quinquilharias do paquistanês, a loja de bijuteria do indiano, um outro bar de outro cabila porém frequentado por senegaleses, a cabine telefônica de um tâmil, outra loja de quinquilharias paquistanesa, açougue argelino, outra loja de roupas de um chinês porém de Wenzhou, o brechó do marroquino, bar-tabacaria do chinês de Wenzhou, um restaurante turco que jamais deve ser confundido com a lanchonete vizinha curda, açougue do argelino de Djurdjura, loja dos Bálcãs, mercearias marroquinas especializadas em culinária africana e antilhana, outro bar cabila, minicorredor-brechó da iugoslava antipática, loja de artigos eletrônicos do coreano, sapataria Topy administrada por um malinês, loja de quinquilharias do tâmil, outra mercearia marroquina, outro bar cabila especializado em alcoólatras em fase pré-terminal, a mercearia africana do coreano, cassino clandestino croata, cabeleireiro tâmil, cabeleireiro argelino, cabeleireira africana de origem marfinense, mercearia camaronesa, loja antilhana de objetos esotéricos e poções afrodisíacas, consultório médico judaico... Descer a Rue du Faubourg-du-Temple é como andar por uma Torre de Babel derrubada por incendiários e que acabou se espalhando na direção Belleville-Place de la République. E se o tesouro escondido dos Templários fosse essa incrível diversidade de origens e culturas nos subúrbios de seus antigos QG? Na altura do metrô Goncourt, a Avenue Parmentier traça uma perpendicular. Ali o ambiente é mais parisiense, mais francês, mais ocidentalmente homogêneo, mais "normal": bares hipsters, banco Caisse d'Épargne, padaria à moda antiga com baguetes boas de verdade, banco Le Crédit Lyonnais, pizzaria italiana, banco Le Crédit Agricole, loja autorizada da Apple, livraria-papelaria, banco BNP Paribas, restaurante recomendado pelo guia Michelin e pelo Hachette, banco Le Crédit Mutuel, loja especializada em áudio, banco Société Générale, colégio com nome e sobrenome de algum defunto, banco suíço HSBC, lojas de calçados de marcas famosas, outro Le Crédit Lyonnais, duas escolas de ensino fundamental com uma lista de crianças deportadas durante a guerra, piscina pública... Seguindo na direção leste, a gente acaba desembocando na prefeitura do 11º Arrondissement, com seus dourados e a bandeira tricolor no topo do telhado de ardósia escura, indiscutivelmente uma construção da República Francesa. Daí em diante, o caminho até chegar na loja Camaïeu, na Rue du Faubourg-Saint-Antoine, para Ossiri parece uma viagem no tempo.

Na época da "Capela", Kassoum e ele percorriam cada rua do bairro como topógrafos: sistematicamente. Dali até a sombra da bundinha dourada do anjo no totem da Place de la Bastille, aquela parte do 11º Arrondissement era, com a Champs-Élysées, uma das regiões mais badaladas de Paris. Bares descolados, bares conceituais, restaurantes exóticos de cada uma das latitudes terrestres, lounges, clubes seletos, casas noturnas, baladas, pequenas salas de concerto etc. atraíam multidões todas as noites, principalmente nos fins de semana. Já num estilo menos divertido, aquele bairro tinha a maior concentração de oficinas de costura exclusivamente administradas por chineses. Em locais mal arejados, cômodos sem janelas, pátios dos fundos escuros, pátios internos convertidos, átrios modificados, corredores adaptados, um exército de chineses, a maioria deles indocumentada, trabalhava dia e noite para quitar as dívidas com seus passadores. Com exceção do estrondoso dia do Ano-Novo chinês, eles não sabiam o que era folga nem férias. Os patrões chineses lucravam muito por ter empregados-modelo, modelos top mesmo. Os custos de produção de roupas da moda eram baixíssimos num país onde o nível de vida e de consumo era elevado. Dispor de um exército de trabalhadores qualificados, mal remunerados, não sindicalizados e que podiam ser explorados à vontade no coração de Paris, era chamado de deslocalização local. Que proeza capitalista, a dos chineses! Portanto, os baladeiros do bairro da Bastille eram os poucos privilegiados na França que podiam vomitar sua enxurrada de álcool em frente à porta por onde entravam os trabalhadores que confeccionavam essas mesmas roupas que agora fediam a cigarro e com as quais eles haviam passado a noite inteira se estrebuchando, dançando e suando.

O espetáculo dos baladeiros acabados da madrugada, principalmente aos domingos, fazia parte dos momentos que Kassoum e Ossiri mais gostavam de compartilhar. Para dar espaço para Zandro, o fisionomista da Chapelle des Lombards, uma das casas noturnas mais populares da Bastille, eles eram obrigados a acordar no raiar do dia e deixar o pequeno estúdio que naturalmente haviam apelidado de "A Capela", porque ficava bem em cima da balada. Como não tinham que trabalhar todos os dias e nem sempre sabiam para onde ir de manhã tão cedo, eles fechavam a noite com os últimos baladeiros. Ossiri e Kassoum eram jovens e lúcidos. Os festeiros tardios estavam cansados, bêbados e/ou drogados. Kassoum, com seus velhos reflexos de moleque da quebrada de Treichville,[1] não conseguia deixar de pensar em todos

---

1   Treichville: bairro popular de Abidjan [capital da Costa do Marfim]. (Esta e outras notas são do autor. As notas do tradutor vêm indicadas como tal.)

aqueles dândis saltitantes como presas fáceis para surrupiar algumas joias e a grana da noite. Ele já tinha uma experiência considerável em Abidjan. Mas esse tal Ossiri parecia adivinhar todos os seus pensamentos, e bastava um olhar para colocá-lo na linha. "Deixa o trabalho dos abutres para os abutres", ele lhe dizia com frequência. Então Kassoum se contentava com o lugar privilegiado que tinham para contemplar e rir do circo de fim de noite dos parisienses e periféricos. E até mesmo no dia em que aquela garota totalmente bêbada se jogou para cima dele, gritando "Take me! Take me!", Ossiri permanecera impassível. No entanto, a bolsa entreaberta dela, quase cuspindo um maço de notas azuis de 20 euros, parecia implorar para que Kassoum lhes concedesse um refúgio mais sereno em seu bolso. Fazia uma semana que ele não via uma única moeda de euro, e até Fologo, o batedor de carteiras mais estabanado de toda a região do Colosse, em Treichville, era capaz de surrupiar aquela bolsa sem chamar atenção.

— Kass, deixa o trabalho dos abutres para os abutres. (Ossiri)

— *Take me! Take me!* (A garota)

— Pô, aí já é demais, ela tá praticamente oferecendo. Quando a bola vem do adversário não é impedimento, Ossiri. (Kass)

— Take me! Take me!

— O que ela tá falando?

— Quer que eu pegue ela.

— Juro, ela tá me provocando.

— Se você relar nesta bolsa, esquece que eu existo.

— Take me! Take me!

— Seu filhinho de papai!

"Seu filhinho de papai!" era a frase de capitulação de Kassoum sempre que os dois discordavam sobre a melhor maneira de ganhar a vida em tempos difíceis. Quando a garota começou a vomitar, primeiro na jaqueta e depois nos sapatos de Kassoum, ele decidira "despertar a quebrada que tinha dentro de si" para desferir um píton naquela bêbada, uma cabeçada bem dada, bem encaixada e bem sentida, "uma cabeçada de responsa", daquelas que construíram sua reputação e faziam com que o Colosse inteiro tivesse medo de sair na mão com ele. "Ossiri, eu dormi na quebrada por anos e anos. Agora, é a quebrada que dorme em mim."

Mas alguma coisa nos olhos daquela garota deteve seu golpe e o golpe se recusou a irromper. Kassoum não entendia o motivo. Aflição, talvez. Uma aflição que muitas vezes ele tinha lido nos olhos dos vizinhos do Colosse, que não sabiam como começar o dia que tinham pela frente, idêntico em termos de miséria ao dia anterior. Ou talvez fosse o verde-claro das pupilas da garota. Dá para imaginar como é ter olhos verdes? Nas historinhas de sua infância, alguns monstros eram descritos com olhos verdes, olhos da cor da floresta densa. Kassoum nunca tinha visto tão de perto olhos daquela cor. Sua perturbação era visível.

Atrás dele, Ossiri aproveitou sua vantagem, a ponto de sugerir que levassem a garota para dormir na "Capela" e cuidassem dela até que recuperasse o juízo. Zandro não ia ligar e provavelmente nem ia notar. Ele sempre estava cansado demais por passar as noites lidando com valentões, histéricos, batedores de carteira, bêbados, penetras, indignados, paranoicos, depressivos, aviõezinhos, noias e todos os empolgados que se achavam os mais fortes do mundo depois de uma carreira de cocaína ou uns comprimidos de ecstasy. Kassoum carregou a garota sozinho pela escada estreita. Seus longos cabelos loiros caíam sobre os ombros de judoca e, mesmo encolhida pela bebedeira, ela parecia assustadora. Essa daí devia ser uma descendente de brancos de tribos do grande norte frio e glacial. Aqueles que costumavam invadir as costas mais austrais da Europa espalhando terror, caos e espermatozoides. Ossiri não o ajudou com a desculpa de que, mesmo na Bastille, seria suspeito ver dois homens negros carregando uma mulher branca quase desmaiada por uma rua escura e deserta. Errado ele não estava, mas, como de costume, sua razão estava indo longe demais. "Aqui, a delação é um esporte que virou instituição nacional desde a Segunda Guerra Mundial. Quando os alemães ocuparam o país, as pessoas denunciavam os judeus e os resistentes. Quando os Aliados conquistaram a vitória, as pessoas denunciavam os traidores e os colaboracionistas. Aqui, ainda tem delatores e pessoas denunciando", concluíra peremptoriamente Ossiri. Mas Kassoum já não estava escutando nada. Como uma pantera que ergue um veado bem pesado numa árvore para salvá-lo da cobiça carniceira de uma alcateia de hienas, ele arrastou a garota corpulenta cambaleando, até chegar na "Capela". Foi assim que Kassoum conheceu Amélie, vinda da Normandia, professora de inglês em uma faculdade no subúrbio da região oeste de Paris...

A esplanada da prefeitura do 11º Arrondissement desemboca numa rotatória onde a circulação é distribuída entre a Avenue Parmentier, o Boulevard Voltaire, a Rue de la Roquette e a Avenue Ledru-Rollin. A bicicleta de Ossiri ultrapassa o sinal vermelho e se esgueira para pegar a Ledru-Rollin. No cruzamento com a Rue du Faubourg-Saint-Antoine fica o supermercado Monoprix. Tia Odette é gerente de departamento ali há dois anos. Começou como caixa, função que desempenhou por vinte e oito anos. Há trinta anos, quando o marido a trouxe de sua aldeia nos confins das florestas da região oeste da Costa do Marfim, ela só sabia ler e escrever e nunca tinha visto humanos de qualquer tipo a não ser os que corriam há milênios debaixo dos cipós das árvores enormes de Issia. Ali, no seu Monoprix, ela tinha visto e aprendido muitas coisas. Mas, mesmo assim, vinte e oito anos para se levantar da cadeira do caixa... Promovida na velocidade da melanina? Ela não se faz mais esse tipo de perguntas. Faltam dois anos para se aposentar. Nas duas semanas que Ossiri está trabalhando na Camaïeu Bastille, a parada nesse Monoprix é tipo um ritual. Tia Odette lhe oferece um café. Ele aceita. Vão para a sala de descanso. Ele pede notícias de Ferdinand. Ela responde em frases contidas. Ela pergunta de Angela. Ele inventa algo misturando frases líricas e notícias gerais do país. Ela ri. Ela ri muito quando ele fala com ela. Depois ele se despede dizendo que vai se atrasar. Ela o acompanha e, nos corredores, não deixa de apresentá-lo como seu filho quando uma antiga colega dos anos 1980 passa por lá. Um beijo, e Ossiri destrava a bicicleta da placa "Proibido estacionar". A Camaïeu não está tão longe. Ele parte.

LIQUIDAÇÃO
NA..
CAMAÏEU

26

FREQUENTADORAS ASSÍDUAS. COMPRAR ROUPAS COMO SE FOSSEM PRODUTOS PERECÍVEIS. VOLTAR TODO MÊS, TODA SEMANA, TODO DIA, ATÉ VÁRIAS VEZES POR DIA. AS FREQUENTADORAS ASSÍDUAS SÃO FACILMENTE RECONHECÍVEIS. SÃO SEMPRE AS MAIS APRESSADAS.

Elas sabem o que querem. Nunca demoram.

PSICODÉLICO. A única coisa que consegue ver são os refletores poderosos no forro e os cartazes laranja fluorescente com o famoso sinal de % das liquidações. Deitado no carrinho, um bebê acordado tem sua primeira experiência psicodélica enquanto a mãe aproveita as promoções.

BOLSA. Numa loja de roupas femininas, uma mulher carregando uma bolsa não tem nenhum motivo para se demorar numa ridícula e minúscula seção de bolsas horríveis... a menos que queira encobrir um furto. Na sua bolsa, ela enfia o que roubou. Na da loja, enfia as etiquetas antifurto que tomou a precaução de cortar com alicate nos provadores. Troca injusta de mercadorias.

LEI DA BOLSA. Numa loja de roupas femininas, todas as mulheres ficam agarradas às suas bolsas, principalmente as ladras.

AXIOMA DA CAMAÏEU. Numa loja de roupas, um cliente sem bolsa é um cliente que nunca roubará.

RÁDIO CAMAÏEU. É a música que toca ao longo do dia na loja. Na Rádio Camaïeu, a cada 10 canções, 7 são cantadas por mulheres, 2 são duetos com homens, e apenas 1 é cantada por homem. Numa média de 3 minutos por canção, ou seja, 20 canções por hora, o segurança é exposto a 120 bizarrices sonoras num turno de 6 horas. O intervalo é uma das maiores conquistas sindicais.

NÁDEGA DIREITA. Embora seja possível classificá-las em alguns grupos principais, o formato das nádegas é tão exclusivo quanto a impressão digital. É quando o segurança começa a pensar o que aconteceria nas delegacias se fosse esse o sistema de identificação adotado pelo poder público.

NÁDEGA ESQUERDA. As mulheres africanas raramente compram alguma outra coisa além de uma blusa, devido à sua anatomia calipígia. As calças e os shorts são confeccionados de acordo com a média das medidas da mulher branca, naturalmente reta, por trabalhadoras chinesas, naturalmente muito retas.

Parece que na China não existe a palavra "nádega". Lá, eles dizem "parte inferior das costas". Não dá para inventar uma palavra para uma parte do corpo que não existe.

CHINÊS. Com a enorme quantidade de roupas confeccionadas no país de Mao, é possível afirmar que um chinês numa loja de roupas seria uma devolução ao remetente.

DIÁLOGO.
— Por que você fica andando em volta de mim desse jeito? (O homem)
— É mesmo, vocês ficam andando em volta da gente! Isso é irritante! (A mulher)
— Desculpe, não estou andando em volta de vocês. Não de vocês em particular. (O segurança)
— Mentira! Pode olhar no carrinho do bebê, não tem nada aqui. Vai lá andar em volta do francês, vai. Não em volta da gente.
— O senhor é paranoico.
— O quê?
— O senhor é pa-ra-noi-co.
— Não, sou argelino.

ANTIFURTO, ETIQUETAS E PROVADORES. De pés descalços, mulheres vestidas com as roupas que querem comprar saem com regularidade dos provadores, procurando um tamanho ou uma cor diferente. As roupas que elas provam evidentemente estão abarrotadas de etiquetas diversas e tags antifurto, que são enormes círculos de plástico cinza em forma de discos voadores, pregados no próprio tecido.

– Nos vestidos sem mangas: pendura-se uma etiqueta nas axilas, prende-se uma tag na nádega direita e o preço fica nas costas.

– Nas calças: uma etiqueta no quadril direito e outra na coxa esquerda, perto da de desconto (-50%, por exemplo), que fica por cima de um adesivo translúcido comprido colado no tecido. O preço fica no lado esquerdo do quadril e, às vezes, uma etiqueta complementar de "recomendações de lavagem" fica pendurada na parte de trás do cós, balançando na região do cofrinho.

– Nas jaquetas e camisas: o desconto é uma tira dourada no ombro esquerdo, cola-se uma etiqueta na manga esquerda e o preço sai da barriga.

Isso dá, para uma mulher que prova um jeans Carlita e uma blusa Tolérant:

– € 24,95, com desconto de 50%, preço das pernas e das nádegas.

– € 14,95, com desconto de 30%, preço dos seios e do tronco.

Ou seja, um total de descontos de €17,45 pela embalagem do conjunto de características sexuais secundárias.

GORDAS. Geralmente, as mulheres gordas começam provando roupas menores primeiro... antes de sumirem discretamente com a roupa de tamanho adequado nos provadores.

ESTOQUE. No estoque, há banheiros, armários metálicos individuais, uma geladeira, um forno micro-ondas e, principalmente, um quadro de comunicação interna no qual podemos ler: "Semana Difícil só volume de vendas negativo + Indicador + 9,91% = BÔNUS ☺ Vamos continuar focados!" (Pontuação e desenho respeitados).

BLUSINHA MAIS FOFA. "Muito fofa essa blusinha." É uma das frases mais utilizadas para qualificar as blusas vendidas na loja. Ela sempre é pronunciada com a cabeça baixa para prender a referida "blusinha" com o queixo na base do pescoço, os cílios tremulando e segurando-a bem aberta sobre o peito. A presença de um interlocutor apreciando é opcional.

GAULESAS TROPIQUETES. Essas jovens negras muito coquetes que passam horas na loja falando de roupas enquanto estão fazendo as compras. Um pouco como aqueles franceses que falam de comida à mesa. O sangue está na cultura, não na pele, sangue bom!

METAMORFOSES CAPILARES. Fatima, a gerente da loja, perdeu os belos cachinhos pretos da cabeleira de magrebina que tinha na semana anterior. Agora, está com os cabelos tão lisos e loiros quanto os de uma mulher viking.
   Ninguém nunca viu os belos cabelos crespos de Christiane, a vendedora negra. Ela usa um longo megahair de cachos negros de cabelo sintético, que cai até o meio das costas.

PETRÓLEO E ALFA-QUERATINA. Em duas semanas como segurança, nenhuma mulher negra entrou na loja com cabelos naturais. Todas elas usam perucas, mechas, megahair ou apliques feitos de fibras sintéticas provenientes da indústria petrolífera. O petróleo, fonte de energia periplanetária, vem da decomposição, nas camadas geológicas inferiores, de todas as matérias orgânicas pré-históricas acumuladas ao longo do tempo. As mulheres negras têm energia fóssil na cabeça.

O segurança avista uma mulher negra com uma juba cacheada, longa e volumosa, que vai até embaixo das nádegas. Para um penteado desse tipo, foi necessária a putrefação de uma tribo inteira de tiranossauros, no mínimo.

TEORIA DO DESEJO CAPILAR. Os desejos capilares se espalham aos poucos na direção norte: a magrebina, ao sul da viking, deseja o cabelo liso e loiro da viking; a tropiquete, ao sul da moura, anseia pelo cabelo cacheado da moura.

MBBB: Mulher Bété[2] com Bebês Brancos. O segurança reconhece já na primeira olhada as "Mulheres Bété com Bebês Brancos". São mulheres originárias da Costa do Marfim, especificamente da região de Gagnoa. Na França, quase todas são "guardiãs de crianças".

GUARDIÃ DE CRIANÇAS. Termo marcial bem escolhido para designar as babás das crianças ocidentais metade reis, metade prisioneiras.

MBBB TRADICIONAL. O segurança é surpreendido por uma imagem delirante na qual vê uma MBBB entrar na loja, de seios nus e com uma saia tradicional tecida com veios de folhas de ráfia. Mas de repente volta à realidade. Diante dela, um carrinho de bebê de dois lugares no qual dormem dois anjinhos loiros. A MBBB está vestida com uma "blusinha mais fofa" de náilon e um velho jeans surrado.

---

2   Os Bété são um povo que vive na região centro-oeste da Costa do Marfim, constituído de mais de noventa etnias. (N. T.)

DIÁLOGO MBBB.

— Eu que não compro calça jeans *wôrô-wôrô*[3] desgasta muito rápido! (MBBB 1, olhando com desdém um jeans *stoned washed*)

— Você tá certa, minha irmã. O que tem a ver um monte de buraco no jeans antes da gente comprar? Tchrrrr[4] (concorda a MBBB 2)

VOCABULÁRIO. Entre os marfinenses que estão na França, a profissão de segurança é tão arraigada que gerou uma terminologia específica e ainda matizada com expressões cheias de cor da linguagem popular de Abidjan, o nuchi.

– DE PÉ, TÁ PAGO: designa o conjunto de profissões em que é necessário ficar de pé para receber uma mixaria.

– ZAGOLI: designa o próprio segurança. Zagoli Golié é o nome de um famoso goleiro dos Eléphants, a seleção de futebol da Costa do Marfim. Segurança é igual a goleiro: a gente fica de pé olhando os outros jogarem e, de vez em quando, pula para agarrar a bola.

– SUFÉ-WURU: literalmente "cão noturno", em malinqué. O termo designa os "adestradores de cães", os "agentes de segurança acompanhados de cães", conforme a terminologia administrativa. Embora ganhem melhor, há muito menos *sufé-wuru* do que *zagoli* na comunidade africana.

Tradicionalmente, tanto na África Saheliana quanto na África Subsaariana, além dos *dozos*, uma casta de caçadores que se vestem de espantalhos, os canídeos só são levados em conta em expressões como "cão sarnento", "cachorro vira-lata", "cão raivoso"... Há pouíssimas nuances quanto ao lugar que eles podem ocupar na sociedade dos homens.

---

3   *Wôrô-wôrô*: táxi comum de Abidjan, todo ferrado e sempre com problemas.

4   Tchrrrr!: som característico que os africanos sibilam entre os lábios e os dentes cerrados para manifestar desdém.

A noção de cão como melhor amigo do homem é uma *ocidentalização* ainda muito recente. De modo que decidir ter um cão como companheiro de vida e parceiro de trabalho é uma barreira psicológica e cultural muito difícil de superar quando se cresce desprezando ou tendo medo dos cães mais ou menos sarnentos ou raivosos que perambulam, esqueléticos, pelas cidades africanas. Além disso, ter um cão, alimentá-lo, adestrá-lo e cuidar dele é um investimento financeiro inicial considerável quando não se tem nem documentos, nem trabalho. E se para trabalhar é necessário ter um, é possível dizer que o cão está mordendo o próprio rabo. Os marfinenses concluíram: "É melhor ter um zagoli!".

RÁDIO CAMAÏEU 2.
I like your body
So shake your booty
Let's get it on
And keep on pushing...

Uma grande quantidade de cantoras "neo soul" inglesas, estadunidenses ou francesas (na pior das hipóteses) berra letras indigestas num caldo insosso, numa versão diluída da atormentada, mas incrível, Amy Winehouse.

Como é possível deixar que todas essas cantoras de segunda saiam por aí dizendo que o que cantam é "soul", com Aretha Franklin ainda viva?[5] Já não concedemos aos mortos ilustres nem o tempo, nem a decência de se revirarem no túmulo em paz. Agora, nós os insultamos enquanto ainda estão vivos.

---

5   Aretha Franklin faleceu em 2018, quatro anos depois da primeira publicação deste livro. (N. E.)

FLOWER POWER. Laura e Rosa, duas animadas vendedoras antilhanas com nome de flor. De vez em quando, elas improvisam graciosos passos de dança ao som da Rádio Camaïeu. O gingado delas sempre tem a proeza de pôr um sorriso no rosto de todos os funcionários da loja e, no tempo de alguns compassos, a magia de amenizar a falta de talento das gralhas que estão se esgoelando nas caixas de som.

PRIMEIRA TEORIA GENÉTICA DOS ANTILHANOS. Cor de pele, cor dos olhos, tipo de cabelo, formato do nariz, da boca, das nádegas... Na aparência física dos antilhanos, há sempre um traço, no mínimo, para lembrar que não era só o chicote que o senhor branco, o *béké*, manejava contra suas mulheres escravizadas. Talvez devêssemos dizer "fêmeas" para respeitar a linguagem da época.

SEGUNDA TEORIA GENÉTICA DOS ANTILHANOS. Na época da escravidão, era raríssimo, para não dizer impossível, que um macho negro escravizado procriasse com uma sinhá branca. Portanto, foram os senhores brancos que, com as mulheres negras, miscigenaram as Antilhas. Como é o homem que define o sexo da criança macho por meio de seu cromossomo Y, pode-se afirmar que todos os homens mestiços com certeza carregam o cromossomo Y de origem caucasiana.

Enunciado da teoria: nas Antilhas, o homem é branco e a mulher, negra.

OS BEBÊS. A princípio um pouquinho intrigados, os bebês sempre acabam retribuindo o sorriso dos seguranças. Os seguranças adoram os bebês. Provavelmente porque os bebês não roubam.

Os bebês adoram os seguranças. Provavelmente porque eles não arrastam os bebês para uma liquidação.

ENGLISH VERSION. Em razão da afluência de turistas estrangeiros, as sacolas de compras de diversas lojas traduzem a palavra "liquidação" para inglês. Assim, lemos em letras garrafais nas sacolas da butique Lacoste vizinha: SALES. O colega segurança da loja intermediária comenta sobre famílias francesas que se recusam a usar essas sacolas. Dá a impressão de que não querem se submeter a qualquer confusão linguística que teria como repercussão alguma ideia maldosa sobre sua higiene corporal.[6]

AS BIGODUDAS. Uma mãe e uma filha, muito parecidas, têm um bigode fino bem visível. A filha, ainda adolescente, está de cara fechada e transmite uma forte impressão de estar desgostosa da vida. A mãe, na casa dos cinquenta anos, embora um pouco sombria, parece mais satisfeita. Ela, que possui aquela pilosidade incomum nas mulheres há décadas, provavelmente desde a idade atual da filha, teve tempo de sobra para assumir ou lidar com isso. A filha ainda tem muitos anos de bico pela frente até se acostumar.

A mãe e a filha bigodudas vieram pela segunda vez. São facilmente reconhecíveis. O segurança lhes dá um bom-dia temperado com um grande sorriso, numa expectativa capenga de que isso as animaria. A mãe não responde e nem se dá ao trabalho de se virar. A filha lança um olhar sombrio para o segurança.

TEORIA DO BIGODE. Hitler, Stálin, Pinochet, Bongo, Saddam Hussein... Enquanto entre os ditadores o bigode é um indício externo de realização pessoal, entre as mulheres, sobretudo as adolescentes, o bigode é fonte de mal-estar.

FUTURA HERDEIRA. Depois de mais de uma hora rodando pela loja para acabar não levando nada, uma mulher se dirige a uma senhora bem idosa curvada em sua bengala:

---

6   Uma vez que *sales*, em francês, significa "sujos". (N. T.)

"Mamãe, vamos passar na frente da New Look, remarcaram os preços".

No calor canicular do verão, a senhora, visivelmente cansada, de boca aberta, mas sem se queixar, acompanha a filha com muito esforço.

TRANSFORMADAS DE LAPLACE. Como é possível pensar nas "transformadas de Laplace" ao observar uma senhora de cabelos tingidos de violeta-claro vasculhando, na seção da Gaby — com produtos a € 24,95 com desconto de 70% —, horrendos casacos listrados de bege e cor de merda de ganso?

TATUAGENS. No pescoço, sua tatuagem de traços finos e precisos mostra um lótus que tem o mesmo design da marca de papel higiênico Lotus. Com sua pele bem pálida, é tipo como se ela tivesse um rolo de papel higiênico preso entre a cabeça e os ombros.

RETROEVOLUÇÃO. No imaginário popular ocidental, o piercing, as escarificações e as tatuagens representaram por muito tempo a quintessência da selvageria mais remota.

Hoje, o que transmitem todas essas peles brancas perfuradas por todo lado? Todas essas tatuagens tribais no corpo? Uma moda? Um mal-estar? A moda de um mal-estar? O mal-estar de uma moda? A vontade inconsciente de voltar ao estado reconfortante do "bom selvagem"?

REVOLUÇÃO. Hoje se sabe que havia apenas sete prisioneiros mirrados na Bastilha no dia 14 de julho de 1789. Em outras palavras, não havia quase ninguém para ser libertado. Mas a história conserva mais símbolos que fatos. Se acontecesse hoje de novo, a tomada da Bastilha libertaria milhares de prisioneiros do consumismo.

TRANSFORMADAS DE LAPLACE 2. Trata-se de uma operação matemática complexa, inventada pelo cientista epônimo, que permite descrever as variações no tempo de certas funções. Atualmente, essa operação é utilizada para determinar o *pricing*, isto é, a fixação de preços. Utilizam-se as "transformadas de Laplace", por exemplo, para determinar os descontos e os preços ideais a serem aplicados durante o período de liquidação. Um troço tão complicado para coisas tão inúteis.

IPHONE. Uma garota prova os óculos e se olha com o iPhone pela função Facetime. Ao lado dela, um espelho enorme que vai do chão ao teto.
    Garotas provam roupas nos provadores, depois se fotografam de todos os ângulos com seus iPhones. Em seguida, discutem suas escolhas ao redor da tela. O pixel se apoderou da retina.

CRÍSTICO. Um braço estendido na direção das saias Langouste Lin e o outro na direção dos vestidos Laure Été, e uma mulher ajoelhada aos pés das sainhas Victoire. Amém.

BLASFÊMIA. Nas araras de calça fusô, uma dúzia delas não são "Made in China". São "Made in Turkey". Quase na Europa!

O ANJO. Na Place de la Bastille, o anjo dourado está sempre nu em cima do obelisco. Como os anjos são assexuados, tanto faz eles comprarem roupas na Camaïeu ou na Celio. Mas como avisar para eles que está na época da liquidação?

DIÁLOGO.
    — Por favor, quanto fica este com 20% de desconto? (A mulher mostrando uma etiqueta onde se lê € 29,99)

— Mais ou menos 6 euros, senhora. (O segurança)
— Ah, sabe como é, a gente tem que se vestir, retomar o gosto pela vida. Acabamos de perder meu marido.
— !...
— Obrigado. O senhor é muito gentil. Agora vamos para o caixa.

A ADOLESCENTE NA CADEIRA. Uma adolescente com deficiência física está sentada em uma cadeira de rodas elétrica. À sua frente vai a irmã, e atrás a mãe e o pai. Na parte de trás da cadeira há uma manopla para empurrá-la quando necessário. Na loja, essa manopla serve para pendurar as roupas que a irmã e ela escolhem freneticamente. Depois de uma hora, a cadeira elétrica parece uma arara ambulante da Camaïeu.

AMANTES. Amantes se beijam com avidez no canto dos Jakarta, vestidos longos de cores vibrantes que nessa arara dão a impressão de ser cortinas de bordel. Na Rádio Camaïeu, Brick & Lace canta "Love Is Wicked".

O MANEQUIM. Baléar Rayé em cima, calça Martinique, calçando Artémis, uma mulher entra vestida de Camaïeu da cabeça aos pés.

HADES. Hades, jaqueta 100% couro suíno. Um casaco desses seria proibido para os mulçumanos e judeus?
"Hades, a jaqueta Haram." (O Grande Mufti)
"Hades, a jaqueta que não é Kosher." (O grão-rabino)
"'Desconto de 70%' na jaqueta 100% couro suíno de € 99,95: jaqueta Hades, o desconto da tentação." (O grande vendedor)

DEFINIÇÕES.
98% Algodão + 2% Elastano = Calça jeans slim.
95% Algodão + 5% Elastano = Calça fusô.

A diferença entre ser descolado ou brega depende de 3% de elastano.

NOMES DE ROUPAS.
Mystic: blusa.
Tolérant: blusa.
Égypte 2: vestido.
Rigolo: blusa.
Jane: calça jeans.
Tabata Rayé: vestido. Tabata era o pseudônimo de uma famosa atriz pornô dos anos 90.
Martinique: calça de linho branca. Na época da escravidão na Martinica, os *békés* usavam essas calças nas plantações de cana-de-açúcar.
Toronto, Denver, San Francisco, Dakar: vestidos. Nos corredores da Camaïeu, Dacar fica ao lado de São Francisco.

JEANS. Uma calça jeans chamada Jane.

OS "NOMEADORES". Com toda essa literatura sobre vestimentas, nos organogramas da Camaïeu existe um cargo de "nomeador": especialistas em batizar vestidos e calças de todo tipo.

OS "NOMEADORES" 2. Quando o segurança imagina um dia de trabalho de três "nomeadores".
Eles estão sentados ao redor de uma mesa, taças de champanhe em mãos e uma bandeja de prata repleta de caviar. As roupas desfilam diante deles em cabides presos a um fio metálico puxado por um motor. Passa um vestido florido. Entre dois goles de La Veuve Clicquot, um "nomeador" exclama com um ar sentencioso: "Tu te chamarás Hibiscus, que assim seja. Próximo!". Os outros dois, com o rosto sério, opinam sobre o chef, com a boca cheia de ovos de esturjão. Outro vestido desliza diante deles.

VIRTUOSOS DA VISCOSE. Colibri, Lagosta, Tapir, constituídos de 92%, 95% e 98% de viscose, respectivamente... Quanto mais elevada a concentração de viscose, mais os "nomeadores" escolhem animais estranhos para batizar as roupas.

RÁDIO CAMAÏEU 3.

I like the way you shake your ass around me
I like the way you swing your lips around me...

A Rádio Camaïeu toca bem em cima de uma senhora idosa. Ela mexe suavemente os quadris, balançando a cabeça, enquanto confere os vestidos com 70% de desconto, a melhor promoção do dia.

%. Como um pau no meio das gônadas, o sinal % impresso nos vários cartazes pendurados no forro, balançando em cima da cabeça de todas as mulheres excitadas com as promoções.

POLÍMERO. Poliéster, poliamida, polivinílico... são grandes moléculas sintéticas à base de fibras utilizadas na indústria têxtil. Os químicos as denominam "polímeros".
   Com a maternidade prolongada e a vida sexual em declínio, as mulheres com mais de cinquenta anos são bastante atraídas pelas roupas de fibras de poliéster, poliamida e polivinílico. O segurança as chama de "polímeros".

ESCONDE-ESCONDE. Desconfie do segurança que está entediado ou dá essa impressão.
   Para fazer o tempo passar, às vezes o segurança brinca de esconde-esconde com uma ladra.
   O segurança se esconde da ladra para pegá-la em flagrante. A ladra se esconde do segurança para não ser pega em flagrante.

É absurdo o tempo que uma ladra perde para passar a mão num sapato de € 20,95 com 30% de desconto! Depois de duas horas de esconde-esconde, caso a ladra consiga realizar o furto, ela ainda vai levar um tempo até vendê-lo e, na melhor das hipóteses, mais ou menos pela metade do preço. Considerando os riscos, a habilidade e uma média de três horas por item, do roubo até a venda, é possível afirmar que "ladra da Camaïeu" é uma atividade muito pouco lucrativa.

ESCONDE-ESCONDE 2. Esconde-esconde nas araras dos vestidos longos: o jogo predileto das crianças atentadas.

A ADOLESCENTE NA CADEIRA 2. O pai ajuda a adolescente com deficiência a sair da cadeira e a caminhar até os provadores. Mãos que deslizam sobre os corpos, braços que se enlaçam, se entrelaçam, se abraçam, se apoiam... Há muito carinho entre aquele pai e aquela filha. Ambos têm um vínculo tanto pelo amor de pai e filha quanto pela dependência física da filha. Na verdade, os dois se apoiam mutuamente. A dependência não se encontra sempre onde imaginamos. Será que pessoas obrigadas a se tocar com tamanha frequência acabam desenvolvendo um carinho e uma ternura acima da média? Seríamos mais gentis uns com os outros se nos tocássemos com mais frequência?

A MULHER CEGA. Acompanhada do marido, da filha e do cachorro, uma mulher cega faz compras na liquidação. O homem conversa com ela o tempo todo, em voz alta, num sotaque do Sul, com frases bem elaboradas e bem detalhadas. Ela acaricia os tecidos por muito tempo até fazer sua escolha. Ele a toca discretamente de tempos em tempos para lhe indicar a direção certa. De novo, pessoas obrigadas a se tocar. De novo, a interdependência. De novo, muita ternura. A deficiência da mulher é um fator de aprimoramento da linguagem do seu entorno.

MECÂNICA DA CADEIRA DA ADOLESCENTE COM DEFICIÊNCIA.
– Duas rodas com tração dianteira
– Motor elétrico
– Bateria de lítio volumosa
– Duas rodas direcionais traseiras
– Assento com encosto verde fluorescente para manter as costas eretas
– Sistema engenhoso de armazenamento nas laterais e abaixo do assento
– Controle de direção e minitela de controle de cristal líquido no apoio direito
– Quatro botões abaixo do controle de direção, em um dos quais há uma corneta desenhada.

A cadeira da deficiente prefigura um veículo do futuro? Estamos distantes da prancha de quatro rodas dos doentes de poliomielite e dos aleijados de antigamente.

BIOMECÂNICA DO SEGURANÇA. Qual paradoxo biomecânico explica que o segurança tenha tantos problemas no cóccix se ele passa o dia inteiro de pé?

BIOLOGIA DO SEGURANÇA. Tenesmo crônico... Uma hora antes do intervalo, aquela violenta vontade de mijar.

MULTILÍNGUE. Num grande cartaz no fundo da loja está escrito: SALDI, ZL'AVY, SOLDEN, ARLESZALLITAS, WYPRZEDAZ, SLEVY, ОСТАКИ, REDUCERI, PROMOTIONALE, REBAJAS... A Europa também se edifica pelo consumo.

ÉLISABETH. É uma vendedora de aparência anoréxica que precisa distribuir seus 35 quilos em 1,70 metro. Ela é muito dinâmica e nunca perde a oportunidade de sustentar olhares e lançar o mais belo sorriso ao segurança, que tem cerca de 100 quilos. Atração natural dos polos opostos.

ÉLISABETH 2. Antes de voltar para casa, o segurança distribui algumas balas Carambar® para as vendedoras da loja. Élisabeth vai receber em dobro.

QUANDO A MÚSICA PARA. Sete e meia da noite, hora em que a música para...
O ruído metálico dos cabides que deslizam nas barras das araras: as garotas estão arrumando. As últimas clientes estão desarrumando. Com frases educadas, porém firmes, o segurança deve orientá-las até os caixas, tomando a precaução de não deixar nenhum cliente novo entrar. São os minutos finais. Do lado de dentro, tem sempre alguém que jura pelo que há de mais sagrado que não demora mais que dois minutos. Na porta, tem sempre alguém que jura pelo que há de mais sagrado que não vai demorar mais que dois minutos. O segurança é sempre encarado com desprezo quando não cede às súplicas dos últimos dois minutos. É sempre difícil aceitar ser esculhambado por alguém que você não vê o dia inteiro. Tudo está em promoção, inclusive o amor-próprio.

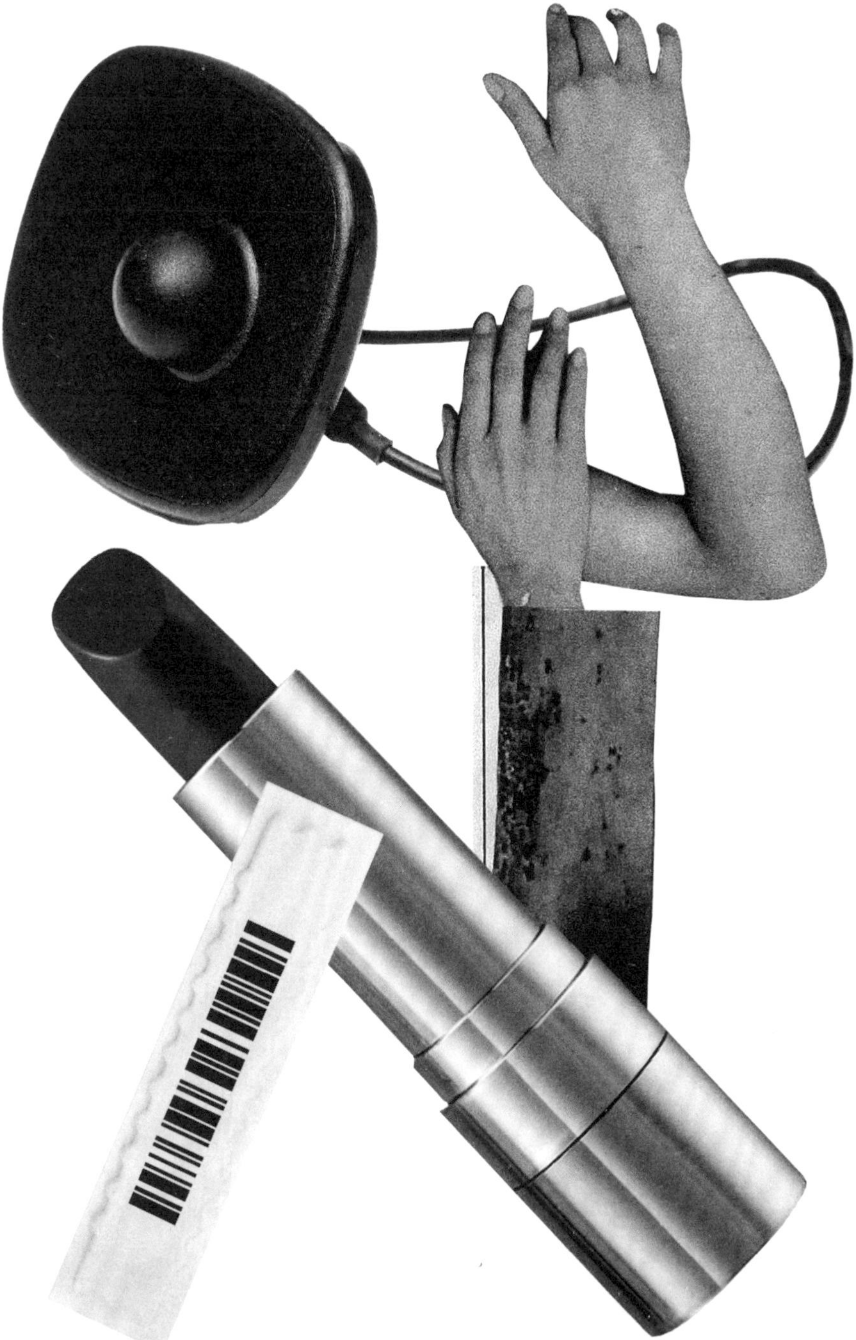

A IDADE DO BRONZE
1960-1980

46

ENQUANTO DESCIA O BOULEVARD VINCENT-AURIOL SENTIDO RIO SENA, FERDINAND PENSAVA O QUANTO ESTAVA DE SACO CHEIO DAQUELES "REUNIONENSES" HIPÓCRITAS. FOI ASSIM QUE ACABOU APELIDANDO OS ESTUDANTES DA MORADIA. ELES SEMPRE CONVOCAVAM REUNIÕES PARA DISCUTIR TODA E QUALQUER BOBAGEM.

Ontem, era para encontrar "a ação adequada a ser posta em prática" diante "da atitude indescritível da embaixada da Costa do Marfim" por ter interrompido a distribuição gratuita de papel higiênico na moradia. No decorrer de três horas de reunião, ainda não haviam chegado a um consenso sobre a "nota de repúdio" a ser despachada para a Avenue Raymond Poincaré, nº 102, escritório da embaixada em Paris. O grupo dos "comunistas" disputava cada vírgula com o grupo dos "socialistas vendidos". Os "liberais", esses "agentes provocadores, servos do imperialismo e do capital internacional", se colocavam à beira do linchamento cada vez que tentavam tomar a palavra. Depois de duas horas de invectivas e perdigotos para todo lado, quando finalmente conseguiram fechar o primeiro parágrafo, os "comunistas" começaram a se dividir porque "os chineses" achavam "os russos" bem mais comedidos e porque "os albaneses", que não podiam ver "os chineses" nem pintados de ouro, julgavam "os russos" desprezíveis e presunçosos. Naquela mesma manhã foi convocada outra reunião quando ninguém sabia ainda o que fazer em relação ao papel higiênico. "A atitude dos intelectuais africanos diante das consequências da crise do petróleo" ia desencadear as logorreias e abarrotar as escarradeiras pelo dia todo. Os apitos e os sinais de convocação começaram a soar um pouco antes do velho despertador que costumava encurtar as noites de Ferdinand. O que era bom, já que ele não podia se dar ao luxo de se atrasar para o trabalho.

Ferdinand não era estudante. Nunca tinha sido. Mas ele morava na Meci,[7] sigla em francês para a Moradia dos

---

7 Maison des Étudiants de Côte d'Ivoire (Meci): Boulevard Vincent-Auriol, em Paris. Não confundir com o Meeci, Movimento dos Alunos e Estudantes da Costa do Marfim. Parece que os estudos são sagrados nesse país.

Estudantes da Costa do Marfim. De alguma maneira ele tinha herdado o quarto do seu primo André, que tinha chegado ao país alguns meses antes com um diploma de doutor em medicina na bagagem. No fundo, Ferdinand sempre soube que jamais conseguiria estudar por tanto tempo e de forma tão brilhante quanto seu primo. Provavelmente seus professores e seus pais também sabiam. Assim, quando foi reprovado no Certificado de Educação Básica e Fundamental (Cepe, em francês) pela terceira vez, seu pai facilmente se convenceu a mandá-lo para a França para "se encontrar". Ferdinand jurou sobre o fetiche familiar que só voltaria quando conseguisse se tornar "alguém importante". Toda a safra de café e de cacau foi destinada à compra da passagem de avião. Numa manhã úmida por conta dos aguaceiros da curta estação de chuvas do início de outubro de 1973, Ferdinand embarcou num DC-10 de cor verde da Air Afrique. Ele foi o segundo homem do vilarejo a ir para Paris.

André o recebeu na Meci, no quartinho estudantil que ele já compartilhava com Jean-Marie, estudante de filosofia e um "reunionense" fervoroso e inveterado. Por considerar a bolsa bem mirrada para morar na França e enviar dinheiro à numerosa família que ficara no país, André trabalhava por meio período como segurança nos Grands Moulins de Paris. Lá, numa manhã, na hora da troca de turno das equipes da noite, ele salvou *in extremis* um funcionário idoso desmaiado em frente à guarida devido a um ataque cardíaco. O boato se espalhou por toda a fábrica. "Aquele segurança negro" tinha salvado a vida de Pierre Alain Jacquinot, conhecido como Pierrot, o líder do poderoso sindicato da Confederação Geral do Trabalho dos Grands Moulins de Paris. Então todo mundo ficou sabendo que "aquele segurança negro" não se chamava "guarda!", mas André, e que paralelamente ele estudava medicina na Faculdade Pierre e Marie Curie. Para a grande maioria dos operários da fábrica, não havia muita diferença entre estudante de medicina e médico. Assim, daquele dia em diante, muitos deles se puseram a lhe confidenciar clandestinamente suas doenças. A guarida nunca tivera um nome tão apropriado. Às vezes se transformava numa verdadeira sala de consulta. "Doutor" se tornou de maneira espontânea o apelido de André. Durante anos, ele abriu e fechou muitas vezes tanto o portão da fábrica quanto as bocas dos trabalhadores. Com frequência, ele marcava consultas para eles no hospital onde atendia. Seus colegas de estágio no hospital da Pitié-Salpêtrière sempre ficavam surpresos com o tanto de gente que o procurava e o cumprimentava de forma tão calorosa nos corredores. Os operários se sentiam chegados do Doutor, o "médico africano". Talvez fosse apenas uma questão de distância? Nos Grands Moulins, a guarida não ficava longe do grande pavilhão, o edifício principal da fábrica; em contrapartida, o escritório oficial de medicina do trabalho ficava escondido no quinto andar, junto dos escritórios dos outros executivos seniores. É mais fácil entrar na fábrica por baixo. Com todas essas "relações" no meio operário, André não teve qualquer dificuldade para apresentar seu primo e, em apenas dois dias desde sua chegada na França, Ferdinand já estava trabalhando nos Grands Moulins.

"Depois de quase dois anos, um aviso de expulsão paira na Meci." Foi André que começou. Ele tinha acabado de saber da notícia. De fonte segura. Um velho advogado de quem ele havia extraído a próstata lhe garantira que, depois de quase dez anos, o imóvel do Boulevard Vincent-Auriol, nº 150, não pertencia mais à Costa do Marfim. André preferia acreditar no velho branco do que na mistureba que a embaixada marfinense lhes oferecia toda vez que o boato ficava insistente ou quando alguém perguntava algo.

"No início da década de 60, Houphouët-Boigny foi acometido por uma grave crise de conspiracionite", continuou André, com essa mania que tinha de medicalizar tudo que falava. "Por todo lado, em tudo, em todo mundo ele enxergava alguma conspiração para assassiná-lo e arrancar-lhe o poder que ele tanto prezava." Com um gesto vigoroso, André levou o copo de cerveja à boca; e, quando o apoiou de volta, metade do líquido dourado tinha sumido pelo sifão de sua garganta.

"Tudo começou no final de 1959 com uma conspiracionite benigna, quando ele tornou pública a famosa 'Conspiração do gato preto'. Houphouët-Boigny berrou para o mundo inteiro, sem rir uma vez sequer, que queriam mandingá-lo usando um gato preto enterrado num cemitério da cidade. Chegaram até a encontrar uma foto dele costurada nas tripas do pobre felino doméstico. No início, como velhas hienas empanturradas de carne estragada, todos riram. E vocês tinham que ver a cara dele. Tive a impressão de que ele estava se esforçando para não cair na gargalhada enquanto contava a história para toda a imprensa nacional e estrangeira. Principalmente quando ele começou a ler as frases cabalísticas escritas atrás da foto encontrada nas entranhas do gato preto. Mas o sujeito estava bem sério. Ele instaurou na cidade uma força policial especialmente treinada para evitar feitiços e mandingas malignos. Ela rapidamente prendeu todos que eram suspeitos de planejar a conspiração secreta. Meu velho amigo Jean-Baptiste Mockey foi acusado de ser o principal preparador da fórmula mística. Tudo bem que ele era farmacêutico, mas foi principalmente porque, dentro do partido, ele estava começando a ofuscar o poder do grande líder Boigny. Prenderam-no no subsolo da presidência, logo embaixo do gabinete presidencial. Ainda bem que eu estava na França naquela época, senão ia acabar na prisão que nem o Jean-Baptiste e todos aqueles que o apoiavam em suas críticas atrozes com relação à atitude aburguesada da velha guarda do partido."

André fez uma pausa para engolir o restante da cerveja e depois já pediu outra. Angela Yohou estava com os olhos grudados em sua xícara de chá. Com o canto do olho, Ferdinand a espiava de vez em quando, tentando parecer o mais concentrado possível em frente a um André empolgadíssimo.

"E depois, em janeiro de 1963, quando o amigo dele, Sylvanus Olympio, presidente do Togo, foi trucidado por um militar jovem e cruel chamado Eyadéma, a conspiracionite de Houphouët-Boigny se tornou aguda e se transformou numa infecção purulenta. A imagem do corpo do pobre Sylvanus usando uma simples bermuda, estatelado no pátio da embaixada dos Estados Unidos em Lomé, e do torso nu crivado de um monte de balas, acabou sendo um fator traumático agravante. Poucos dias depois da tragédia togolesa, Houphouët alegou ter impedido a 'Conspiração dos jovens'. Consequência: foram detidos todos que tivessem por volta de trinta anos e fossem um quadro promissor no país. Ele os encarcerou em Abassou, perto de seu vilarejo. Houphouët-Boigny mandou construir uma prisão lá para que ele e sua irmã mais velha, Faitai, pudessem vigiar pessoalmente seus inimigos por fim desmascarados por seu exército de fetiches, seus dedicados informantes e pelos inúmeros conselheiros militares franceses que o protegiam.

"Em agosto do mesmo ano, uma revolução popular denominada 'Os Três Gloriosos' depôs em três dias o abade Fulbert Youlou, padre excomungado e presidente autoritário do Congo-Brazzaville. Em uma África independente havia apenas três anos, já tinham ocorrido golpes de Estado militares. Mas era a primeira vez que um levante popular destituía um dos pais da independência. A rua colocou no poder Marien Ngouabi, antigo companheiro de luta do excomungado. Quando Houphouët-Boigny ouviu a notícia, sua conspiracionite atingiu o estágio de gangrena. Dessa vez, ele inventou a 'Conspiração dos velhos'. Uma nova remessa de quadros competentes e experientes, muitos deles, seus próprios camaradas de idade e de luta, lotou suas prisões particulares em Assabou. Ernest Boka, ex-presidente da Suprema Corte, perdeu a vida ali, enforcado na caixa da descarga do banheiro. Suicídio, segundo a polícia. Assassinato, segundo a oposição. Foi nessa mesma época que Houphouët ordenou a venda do imóvel do Boulevard Vincent-Auriol, nº 150, a um de seus amigos, um agente imobiliário. A partir de então, para ele não havia mais estudantes marfinenses na Meci. Ele considera este lugar um antro de conspiracionistas perigosos, comunistas retardatários e pseudorrevolucionários ressentidos e recrutados pelos serviços secretos dos países do Leste Europeu. Com os fundos estatais, isto é, seus próprios fundos, ou com seus próprios fundos, isto é, os fundos estatais, não faz mais sentido que ele, o grande Houphouët-Boigny, mantenha agitadores vagabundos que querem tomar seu poder. A Meci acabou. Vão botar todo mundo na rua."

Embora às vezes tivesse dificuldades em acompanhá-lo, Ferdinand gostava muito de como o primo falava com ele... como a um igual. Ele se sentia orgulhoso disso, o que revigorava sua autoconfiança, que não era lá muita. Na moradia, só André e Angela falavam com ele daquele jeito. Os demais nem se dignavam a lhe responder quando a curiosidade o levava a fazer perguntas sobre as incompreensíveis teorias que eram tecidas ao longo do dia.

Quando André concluiu seu discurso, Angela, num gesto de afeição perturbador, pegou as duas mãos de Ferdinand e, olhando diretamente em seus olhos, disse naquele tom apaixonante e caloroso que ele conhecia tão bem:

"Ferdinand, você vai ficar aqui. Vou voltar para Abidjan no mesmo avião que André. Não quero que meu filho venha para cá um dia, longe da família, longe dos nossos antepassados. Não quero ser igual a todos os outros que querem que seus filhos nasçam aqui para que, ao atingir a maioridade, obtenham um passaporte francês: direito de solo. Eles não deviam dar a mínima para este solo aqui enquanto seu próprio solo, o solo dos antepassados, está nas mãos destes franceses aqui e dos seus lacaios africanos. Assim que terminar a tese, Aké vai vir com a gente, se ele quiser. Eu mesma vou. Quanto a você, sei que quer ficar aqui, e por mim tudo bem, porque você fez essa escolha. Uma escolha de vida. Você não é um hipócrita como os outros da moradia. Você é uma boa pessoa. Nunca se esqueça da natureza profunda, sua natureza africana, sua natureza corajosa e solidária. Trabalhe duro, guarde dinheiro. Quando tiver juntado o suficiente, deixe a Meci o quanto antes e traga sua noiva Odette para cá."

No final do Boulevard Vincent-Auriol, o enorme hospital da Pitié-Salpêtrière ficava à esquerda. Ferdinand admirava a coragem do primo André em se revezar entre a guarda dos doentes e a guarda dos Moulins. Ele caminhava devagar pensando que tinha muita sorte de não ser obrigado a tomar o metrô para ir para o trampo. Não era muito natural se enterrar para se deslocar. No seu vilarejo, os únicos que iam para debaixo da terra eram os mortos e os espíritos malignos. Tchétchet Ghéhi Lagô Tapê, o pai de todos os deuses, havia deixado aquela região para seu cruel primo, Digbeu Téti Gazoa, o senhor das trevas. Durante toda a infância, Ferdinand escutara histórias terríveis sobre Koudouhou, o reino dos mortos, o ventre purulento da terra, o antro diabólico de Gazoa. Depois de ter sofrido um ataque de pânico na primeira vez que desceu para o metrô, ele não conseguia deixar de reprimir um arrepio fugaz toda vez que as escadarias o conduziam para as suas entranhas Por isso Ferdinand gostava particularmente do passeio a pé que o levava até os Moulins. Era sempre o mesmo percurso. Seus pés podiam fazer o caminho sozinhos enquanto sua cabeça se perdia em lembranças e reflexões. Rememorando essa teatral, porém comovente cena de adeus, Ferdinand pensou que, se ele fosse branco, naquele dia suas bochechas teriam passado por todos os tons de vermelho. Ele sentia muita falta de André e Angela.

Na moradia, havia cada vez mais "ilegítimos" como Ferdinand. Automaticamente, havia, portanto, cada vez menos estudantes "de verdade". Tendo fracassado na universidade durante anos, todos aqueles "reunionenses" preparados para dar grandes lições de moral ao mundo inteiro agora se aferravam a seus quartos, ao passo que os "cães capitalistas" se aferravam às "suas fortunas colossais acumuladas nas costas curvadas das massas populares de trabalhadores", para usar as palavras de Jean-Marie. Além dos veteranos da moradia, mais ninguém fazia ideia do que viera estudar na França. Mas, em todo caso, pensava Ferdinand, eles eram bons pra caramba em economia e negócios de todo tipo. Entre outras coisas, haviam montado um próspero tráfico de sublocação de quartos; razão pela qual a população da Meci havia se tornado cada vez mais pletórica e heteróclita. Tensões e fricções entre "legítimos" e "ilegítimos", "locadores" e "locatários", acabaram se tornando constantes. O clima na moradia era tão nocivo quanto aquela França do início do verão de 1974.

A França que ele conhecera havia apenas nove meses tinha mudado na velocidade da aeronave que o desembarcou no aeroporto novinho em folha de Roissy, batizado com o nome de Charles de Gaulle, o homem branco mais famoso de todas as savanas da África francófona. Era A Crise. Uma crise grave, cujas primeiras manifestações se percebiam na agitação e na frequência sem precedentes com que políticos e jornalistas da Gália inteira pronunciavam o sintagma nominal A Crise. Assim que um microfone era estendido na direção de alguém, assim que uma câmera começava a rodar o rolo de filme, assim que um pedaço de papel exibia seu branco de celulose, falava-se d'A Crise.

A Crise havia começado exatamente uma semana depois da chegada de Ferdinand. Os países árabes membros da Opep anunciaram que não venderiam mais seu petróleo a qualquer um. Diziam preferir ver o ouro negro apodrecer sob as patas de seus camelos a vendê-lo ao preço de um punhado de tâmaras secas, embora todos soubessem de sua importância. Pânico no Ocidente.

"Pensando em todas as suas fábricas, suas usinas termelétricas, seu plástico, seus carros, seus postos de gasolina, suas roupas, suas perucas, seus aviões supersônicos, suas linhas de pesca, seus sofás laranja, suas tevês etc., os ocidentais, liderados pelos estadunidenses, ficaram com medo. Com muito medo. Medo de não ter mais geladeira em casa. Um medo enorme. E, como sempre acontece nessas situações, os esfíncteres relaxam e bum… nasce A Crise."

Com suas costumeiras metáforas médicas, André havia explicado tintim por tintim como e por que A Crise tinha acabado com os Trinta Gloriosos, trinta anos de felicidade e pleno emprego. Mas Ferdinand não entendeu patavinas. Ele sempre precisava traduzir as coisas em uma realidade concreta. A Crise era responsável por diversos infortúnios que Ferdinand tinha dificuldade em enxergar nas belas ruas de Paris, que ele adorava percorrer a pé. Por mais que ele prestasse atenção, as ruas estavam sempre tão limpas e tão bem varridas pelos irmãos malineses; os primos árabes continuavam a estremecer ao longo do dia nas britadeiras dos inúmeros canteiros de obras espalhados por todos os lados e faziam brotar prédios com a mesma rapidez dos cogumelos nas manhãs depois da chuva; os mercados Félix Potin e Prisunic estavam sempre abarrotados tanto de mantimentos como de objetos mais ou menos inúteis, e as filas para os caixas eram sempre enormes; o vagão para fumantes do metrô estava sempre tão lotado e tão azul com a fumaça e os uniformes das fábricas; os outdoors de propaganda, intransigentes em seu apelo ao consumo compulsivo, eram sempre os elementos decorativos mais visíveis na cidade inteira... Não, Ferdinand não conseguia enxergar A Crise com os próprios olhos. Mas, como sempre, fazia cara de quem estava entendendo as sábias explicações de André. Na verdade, ele só conseguiu guardar os Trinta Gloriosos. A expressão soava bem e o levava a pensar nos Três Gloriosos dos congoleses.[8] Ferdinand só achava que os franceses fizeram sua felicidade durar por muito mais tempo que os congoleses.

No final do Auriol, Ferdinand virou à direita, no Quai François-Mauriac. O Sena agora estava à sua esquerda. Suas águas tranquilas, porém escuras, tinham um aspecto tão intrigante quanto o Gbô-kada, o rio do seu vilarejo. Era proibido mergulhar nas águas paradas do

---

8   "Três Gloriosos" refere-se à revolução que aconteceu entre 13 e 15 de agosto de 1963 em Brazzaville, capital do Congo, instaurando um governo que de fato representou a independência do país, declarada três anos antes. O hino nacional da República Popular do Congo, adotado entre 1970 e 1991, tinha esse mesmo título. (N. T.)

Gbô-kada. Espíritos malignos o arrendaram desde a época em que Briba Mapê, sobrinho do bom deus, os expulsara do vilarejo dos homens. Após quinze minutos de caminhada, a Ponte de Tolbiac deu as caras. Um barco de passeio passava entre suas pernas minúsculas, traçando no Sena um rastro de espuma que provavelmente não teria agradado os gênios malignos e locatários seculares do Gbô-kada, caso estivessem ali.

Pompidou, o presidente da França, morreu poucos meses depois do início d'A Crise. Diziam que ele estava doente, talvez "a crise do petróleo" tivesse acabado com ele. Todos os presidentes da África francófona participaram do funeral. Na Catedral de Notre-Dame, onde um rito católico foi organizado pela República laica da França, Jean-Bédel Bokassa I, autoproclamado "imperador" da República Centro-Africana, derramou copiosamente todas as lágrimas do corpo. Sim, esse homem que, sem pestanejar, havia matado vários de seus opositores, torturado e encarcerado em calabouços imundos aqueles que tiveram mais sorte, esse mesmo homem se esgoelou diante das câmeras de televisão. Parecia que tinha acabado de perder o próprio pai. Na terra dos Bété, teria sido parabenizado por ser um chorador tão bom e por saber manifestar tão bem sua desolação. Na terra dos Akan, teria levado uma bronca, pois lá era inconveniente chorar mais alto que a família do defunto. Mas em Paris, todos foram unânimes com relação à atitude de Bokassa, que se resumia a uma única palavra: "maluco!". Os africanos de Paris ficaram indignados. A Meci ficou ofendida. Excessivamente. Como sempre, convocou-se uma reunião com o intuito de redigir uma carta de repúdio e de indignação em relação à representação diplomática centro-africana. Os "reunionenses" decidiram até mesmo fazer "moção comum" com todos os outros estudantes africanos de

Paris. Essa é para assistir sentado. Os marfinenses foram os escolhidos para acolher a missa solene do "encontro pan-africano sobre o caso Bokassa". Após três adiamentos, a reunião de cúpula ocorreu num sábado do mês de abril. Toda a alta classe compareceu à Meci.

Sapatos brilhantes, calças com cinto à altura do peito, paletós largos demais, gravatas longas demais esticadas até a virilha, pescoços e dedos cobertos de joias de ouro, peles amareladas cor de papaia — isto é, peles negras descoloridas com cortisona —, a MEC[9] enviou para a reunião seus membros mais *sapeurs* do momento. "Porque em quaisquer circunstâncias e em todos os lugares, a Moradia dos Estudantes do Congo, a MEC, templo da sapologia, deve ser sempre sapologicamente bem representada", tinha sido a resposta séria de um emissário congolês quando alguém lhe perguntou ironicamente se eles tinham vindo com seus compatriotas participar de um baile de máscaras ou à fantasia. No número 20 da Rue Béranger, no 3º Arrondissement, em meio às lojas de roupas administradas por comerciantes judeus, a dois passos da imensa loja de departamento Tati da Place de la République, a MEC havia se tornado o Vaticano de uma nova religião: a Sape, Sociedade dos Ambientadores e de Pessoas Elegantes.[10] Alguns bocós que não conseguiam localizar a Sorbonne num mapa de Paris torravam fortunas em roupas de luxo, enquanto o prédio em que

---

9   MEC: Moradia Estudantil do Congo.
10 Sigla em francês para Société des Ambianceurs et des Personnes Élégantes. *Sapeurs* são pessoas adeptas desse movimento, que se originou no Congo-Brazzaville e na República Democrática do Congo, reinterpretando e se reapropriando do vestuário europeu por meio de roupas extravagantes e modernas. (N. T.)

moravam — um magnífico edifício haussmanniano de cinco andares, que os contribuintes congoleses haviam comprado para oferecer um certo conforto a seus estudantes mais brilhantes — apodrecia e se transformava numa fossa insalubre e fedorenta.

Também vieram emissários do Ponia, a Moradia Estudantil da África Ocidental. O Ponia estava cravado nos "Boulevards des Maréchaux", no começo do Boulevard Poniatowski, daí o apelido. Era um vestígio da grande exposição colonial de 1931. Alguns representantes de além-mar, como Léopold Sédar Senghor — representante da França, poeta da negritude e presidente do Senegal —, chegaram a ficar hospedados ali. Mas o Ponia também não passava de um imóvel decrépito nos arredores do bosque de Vincennes. Por causa de seu prestigioso passado, todos que moravam lá se achavam os próximos presidentes-poetas da África. Pois Senghor não tinha se hospedado entre essas paredes, agora estufadas pela umidade de um encanamento obsoleto? Então os Ponia faziam volteios gramaticais, formulações enfáticas, circunlóquios poéticos, cujos usos e regras apenas eles conheciam.

Na noite do grande "encontro pan-africano sobre o caso Bokassa", Ferdinand ficou contente de ter passado a noite na sua guarida nos Grands Moulins em vez dos corredores da Meci. A fábrica funcionava vinte e quatro horas por dia e ele, oito, às vezes mais, levantando e baixando a cancela da entrada principal. Ele também anotava os números das placas de todos os carros que entravam e saíam do local. Agora ele conhecia todo mundo. Mas muita gente, inclusive os colegas que ele substituíra por quase nove meses, continuavam a chamá-lo de "Doutor", como chamavam seu primo André. Jean-Marie, seu colega de quarto, lhe disse: "Para os brancos, todos os negros são parecidos". Fazia muito tempo que Ferdinand tinha parado de se importar com as observações de Jean-Marie. Ele não tinha interesse nas elucubrações de um pseudoestudante de filosofia em meio período, alcoólatra em tempo integral.

Ele não ligava de ser parecido com seu primo brilhante. Não se incomodava por ser confundido com André, embora soubesse que o motivo era uma mistura de clichês racistas, desatenção e preguiça intelectual. Não, não era uma questão de cor de pele. Ele sabia que a atenção que recebia só por alguns instantes, quando tinha de levantar a cancela, era por causa de sua condição de segurança. Para ele, havia outras coisas mais importantes. E o mais importante agora era a roupa da nova responsabilidade que ele tinha: os lindos sapatos pretos, o belo uniforme azul e o quepe branco. Ele estava se sentindo alguém importante pela primeira vez na vida. Pela primeira vez na vida, ele mesmo ganhava, pelo próprio trabalho, o dinheiro de que precisava. Pela primeira vez na vida, não esperava a boa vontade de um "irmão", de um "tio", de uma "tia" ou de qualquer outra pessoa da "família" para fazer o que tivesse vontade, ir para onde quisesse, comer o que quisesse, quando quisesse. Aquela sensação de independência! Ferdinand ia manter a promessa que fez para Angela. Ele não ia se perder. Ele ia trabalhar duro. Agora que André tinha voltado para o vilarejo, era por meio dele que esperariam notícias da França. No mês passado, ele tinha vestido seu uniforme de segurança para tirar uma foto e enviar para Odette. Parece que a imagem circulou por todas as famílias do vilarejo. Todo mundo pensava que ele havia se tornado policial no meio dos brancos.

No Quai Panhard-et-Levassor, a fachada oeste dos Grands Moulins exibia sua estranha cobertura de telhas pretas. Dos últimos armazéns de Bercy escapava o cheiro de vinho, tornando-se ainda mais intenso ao cruzar a umidade do Sena e provocando irritação nas narinas de Ferdinand com sua acrimônia. Ele não gostava desse cheiro. As eleições que se sucederam à morte de Pompidou exalaram um fedor igualmente picante e rançoso. Na corrida presidencial se candidataram dez homens calvos, um homem caolho e uma mulher que não ficaria mais feia se fosse calva e caolha. Todos eles, evidentemente, tinham a solução para sair d'A Crise. O grande lema do momento: "Não temos petróleo, mas temos ideias". Uma dessas ideias era que a quantidade de estrangeiros estava crescendo demais na França. N'A Crise, eles estavam roubando o trabalho dos verdadeiros franceses, além de estarem tirando deles o chão em que se banham e o pão que abocanham. Essa situação estava ficando intolerável, sobretudo para as pessoas que haviam sido gentilmente convidadas a compartilhar o grande bolo dos Trinta Gloriosos e do pleno emprego. Intolerável. O poder então iria para aquele que encontrasse a melhor Ideia para conter a invasão daquelas hordas de estrangeiros ingratos. O candidato calvo do centro falou em "Preferência Nacional". Essa Ideia agradou a muitos franceses, principalmente ao candidato caolho com um olho de extrema direita. Tempos depois, ele faria disso seu cavalo de batalha político. O candidato calvo de esquerda falou de humanismo e coração, mas foi facilmente desmascarado pelo candidato calvo do centro que, na frente de milhões de telespectadores entusiasmados, replicou-lhe de maneira ríspida que isso não era monopólio dele. Inclusive, graças a Angela e André, Ferdinand sabia que o candidato calvo de esquerda tinha sido ministro das Colônias. Os sobreviventes malgaxes e camaroneses das revoltas reprimidas com sangue ainda se lembravam do seu senso de humanismo e do coração. Ferdinand não gostava nada dos hipócritas e ficou contente por terem baixado a bola do calvo de esquerda em público. Assim, em maio Giscard d'Estaing ganhou as eleições presidenciais. Ele nomeou como ministro do Interior um tal de Poniatowski, que logo instaurou uma "permissão de residência" "contra" os estrangeiros e assinou um decreto proibindo a reunificação familiar a partir do fim do verão seguinte. No Ponia, falavam em mudar o nome do prédio. O vínculo de parentesco entre o ministro de Giscard e o polonês Poniatowski, marechal do Império de Napoleão, foi rapidamente apontado. Nos quartos úmidos e nos corredores insalubres do Ponia, pairavam os lirismos, levitavam as belas frases para fustigar uma decisão canalha tomada por um descendente de imigrantes.

— Se hoje este homem é francês, isso se deve a seu pai, polonês, que o caminho da eternidade adentrou para defender a França. Decerto foi alvejado durante a batalha, mas o foi pelas costas; ora, ele portanto batia em retirada na ocasião em que o inimigo atirava. Porém, antes de fugir, ele não cessou de escudar a mátria França. Nós também, também nós perdemos nossos pais sob o estandarte de três faixas do *coq au vin*. Nossos pais igualmente estiveram sob penúria, diante da avalanche de ferro e fogo que ameaçava a pátria-mãe. No peito acolheram a bala do inimigo, certeira, para que possa viver a eterna França — lançou, com vibratos de Malraux na voz, um Ponia beninês obcecado pela erudição.

— Melhor duas vezes do que uma! — aprovou um togolês na assembleia.

— Nunca se deve tirar um cochilo perto da casa de um coveiro que acabou de aprender a enterrar os mortos. Diferente de nós de Saint-Louis do Senegal, essas pessoas, Poniatowski e outros do mesmo tipo, já não são franceses faz muito tempo, o que explica tanta dedicação. — Essa declaração de um Ponia senegalês provocou burburinhos de aprovação e muitos gestos de cabeça de cima para baixo.

— Um dia, um filho de imigrantes será presidente deste país e tenho certeza de que é ele quem vai expulsar todos os estrangeiros — profetizou um malinês.

— Poniatowski, argh! Alguém que tem um nome desse, tão impronunciável quanto o de um srilanko-azerbaijano, não pode sair por aí dando lições de como ser francês aos filhos de Senghor — descarregou um voltaico[11] empolgadíssimo.

Houve também maldições proferidas em djerma, um idioma do Níger. Segundo a tradução de um vizinho hauçá, era o caso de todos os descendentes machos dos Poniatowski sofrerem de diarreias hemorrágicas e terem os testículos atrofiados até o dia em que o rio Níger começasse a fluir na direção das montanhas do Fouta Djalon em vez de desaguar nas marés da mãe Atlântica...

Apesar de todos esses grandes discursos, tanto no Ponia quanto em qualquer outro lugar nos campi universitários negros de Paris, ninguém deixou de ir até a prefeitura para obter o novo visto de residência. Ferdinand, por sua vez, ficou muito surpreso com o fato de um político cumprir uma promessa tão rápido. As novas leis que regulamentavam a permanência de estrangeiros passaram rapidamente na Assembleia Nacional com "ampla aprovação", ou seja, com a fusão de todos os espectros políticos. O "monopólio do coração" havia atingido toda a classe política. Quem não cumpria os novos requisitos de permanência, no entanto, não ficou muito contente. De um dia para outro, uma nova raça de cidadãos era criada: os indocumentados.

Felizmente, Ferdinand havia seguido à risca os conselhos de André e Angela. Odette chegaria dentro de quatro dias, apenas duas semanas antes da implementação das novas leis da gangue de Giscard. Ferdinand já havia encontrado

---

11 Pertencente à República de Alto Volta, atual Burkina Faso. (N. T.)

um lugar decente para receber sua noiva vinda do vilarejo. Caminhando para sua guarida, ele apalpou o bolso da blusa e sentiu a presença do papel que havia assinado bem no dia anterior. Um contrato de locação. O contrato se referia a um pequeno apartamento no 17º Arrondissement, na Rue la Condamine, perto da ferrovia da estação Saint-Lazare. Ele se sentia como alguém que tivesse sido ressuscitado. Chega de reuniões. Chega de longas travessias por todos os andares, em todas as estações do ano, com um rolo de papel higiênico na mão para ir ao banheiro. E o metrô para ir trabalhar? Ele se acostumaria. Um quarto, uma sala, uma cozinha, um banheiro com chuveiro. Ferdinand ia ter o "seu lar". Finalmente tinha chegado na França, na sua França. Com sua querida Odette, decidiu constituir uma família. Segurança era um bom trabalho.

Ferdinand chegou nos Grands Moulins.

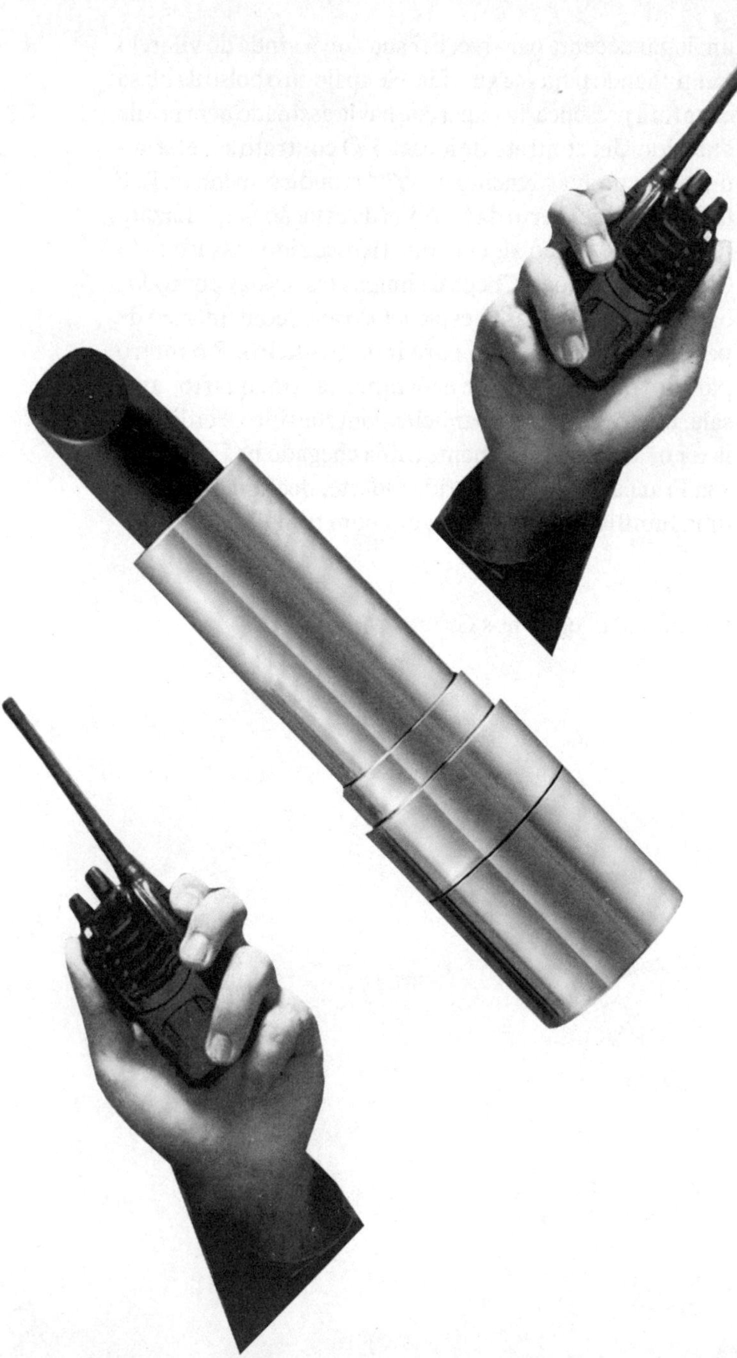

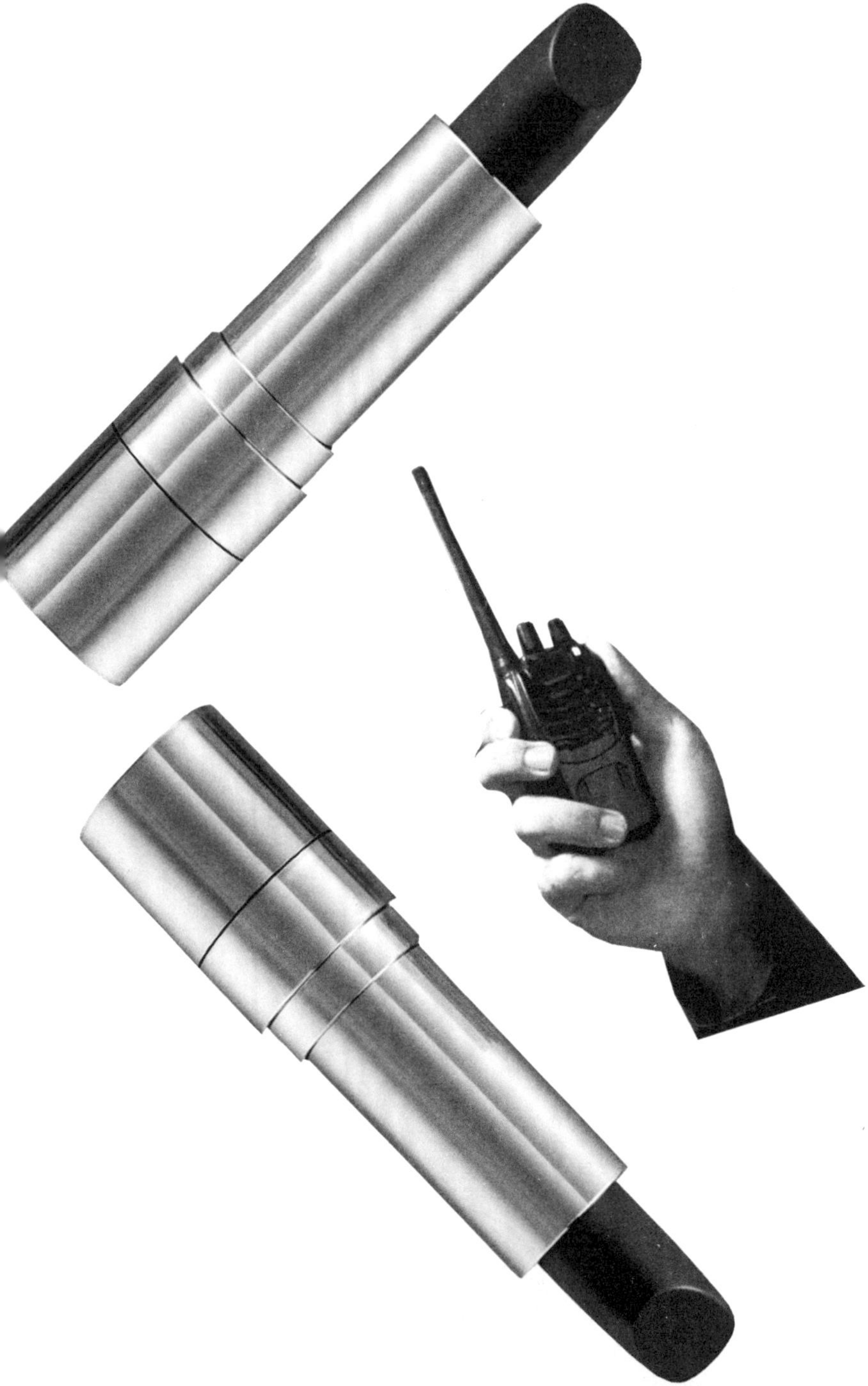

SEPHORA
CHAMPS-ÉLYSÉES

68

CHAMPS-ÉLYSÉES. LOJAS, BUTIQUES, SUPERMERCADOS, GALERIAS COMERCIAIS, HOTÉIS, REDES DE RESTAURANTES... SE ESSA AVENIDA É A MAIS BONITA DO MUNDO, ENTÃO O SEGURANÇA É UM FLORISTA/ TÉCNICO DE REFRIGERAÇÃO/ TALASSOTERAPEUTA DOS INUÍTE.

MIB. Na Sephora Champs-Élysées, o segurança veste paletó preto, calça preta, camisa preta e gravata preta. É o MIB: *Man In Black*. Ele trabalha numa equipe com outros quatro seguranças e um chefe posicionado na frente de telas que exibem as inúmeras imagens das mais de quarenta câmeras espalhadas pela loja. Ele tem um walkie-talkie conectado a um fone translúcido. Segurança de luxo para uma avenida de luxo.

JN+1. Os MIB da Sephora se comunicam entre si através de fones de ouvido e seguem suspeitos ou supostos ladrões, indicando seu morfotipo por códigos que obedecem a uma sequência numérica do tipo $J(n+1)$, em que "n" é um número natural.

    J3: tipo árabe
    J4: tipo negroide
    J5: tipo caucasiano
    J6: tipo asiático

O segurança nem sempre ousa perguntar em qual categoria se encaixariam os mestiços. J4,5: tipo negro-caucasiano? J3,6: tipo árabe-asiático? J6,4: tipo asiático-negroide... Com seu incrível índice de mestiçagem e suas miscigenações improváveis, o segurança pensa que, no Brasil, seus colegas devem obrigatoriamente ter uma função muito mais complexa para descrever as pessoas pelo tipo físico. Lá, dizem que Deus criou os humanos e o português criou o mestiço.

MONI. Por ter de passar o dia inteiro banhada em todas aquelas fragrâncias, toda aquela mistura de perfumes, a vendedora da Sephora acaba se tornando uma MONI: Mulher com Odor Não Identificado.

HOVNI. Assim como a vendedora, o segurança se banha nos odores de perfumes o dia inteiro. O que o torna um HOVNI: Homem com Odor de Vigia Não Identificado.

PEIDO. O segurança continua tentando encontrar um epíteto para qualificar a mistura de odores produzida por um peido fedorento liberado na seção de perfumes femininos.

BANHO. *Walah! Esse cheiro é bom demais. Nunca mais vou tomar banho na vida.*
Um pré-adolescente, depois de literalmente ter borrifado em si vários vidrinhos de amostras de perfumes.
Por causa dos vidrinhos de amostra disponíveis gratuitamente, o banho de perfume é o esporte mais concorrido na Sephora. Não é difícil ver pessoas se encharcarem de perfume de todas as marcas de uma vez só antes de irem embora satisfeitas, radiantes.

SEPHORAAAA OU SEPHOOOORA. A Sephora Champs-Élysées é uma das maiores do mundo. Chegando ou passando em frente à loja, é muito comum ouvir as pessoas exclamarem aos gritos, como se tivessem acabado de encontrar um velho conhecido nos braços do qual iam se jogar: "Sephoraaaaa!", versão em francês. "Oh my god! Sephoooora!", versão em inglês.

SEPHORAAAARRGH. Na frente, um tapete vermelho igual a uma língua. No fundo, pilastras pintadas com listras pretas e brancas; de longe, parecem dentes afiados. A entrada da Sephora é a fuça de um bicho selvagem bocejando seu hálito empesteado de perfumes de todos os tipos na Champs-Élysées.

BAR. Bar de presentes ou Gift bar, bar de maquiagens, Brown bar, Care bar etc. De fato, os perfumes têm álcool.

AMY WINEHOUSE. Uma mulher é a sósia perfeita de Amy Winehouse. Tanto que o segurança se pergunta se, em vez de testar os perfumes, ela não vai abri-los para tomar.

MECA. Com sua mesquita, suas livrarias islâmicas, seus açougues halal, suas lojas de roupas, véus e xales islâmicos, a parte alta da Rue Jean-Pierre Timbaud, em Belleville, tem o apelido de Jalalabad.

Em apenas três horas de turno, o segurança contou mais mulheres com véus na Sephora do que em seis meses por toda a Belleville, incluindo Jalalabad.

A Sephora é a Meca e o estande da Christian Dior, a Caaba em torno da qual as mulheres, árabes ou não, com ou sem véus, circulam em nome do sagrado perfume.

ESPOSA DO EMIR. Coberta da cabeça aos pés por um véu preto, a cada passo que dá aparece brevemente o salto alto de couro brilhante, acima do qual se vê o tornozelo já apertado pelo jeans, que se imagina ser bem justo no resto da perna. Ela está acompanhada de uma criada, um lacaio e um guarda-costas. É fácil reconhecê-los em suas respectivas funções. A criada, aparentemente de origem filipina, com o rosto bem cheio de espinhas, segura todas as sacolas das lojas de luxo do trajeto entre a Place Vendôme e a Champs-Élysées. O lacaio, um árabe bem afeminado, segura a bolsa debaixo do braço e o cartão de crédito, ostensivo, na ponta de dois dedos. O guarda-costas é o que carrega os três guarda-chuvas e acompanha sem dar um pio.

SEPHORA OU O DESFILE DOS VÉUS. Sejam franceses ou estrangeiros, de Paris ou do subúrbio, homens ou mulheres, ricos ou pobres, jovens ou velhos, da ralé ou emires, a Sephora é bastante frequentada por árabes de todas as esferas sociais. O que explica o grande desfile de mulheres com véus.

Preto ou colorido, em peça única ou em várias partes, transparente ou opaco, de mangas compridas ou médias, rosto totalmente coberto ou parcialmente descoberto, o véu é usado em todos os estilos.

AMERICANÓFILOS. Um casal de árabes. O marido está vestindo uma camiseta estampada com o mapa completo do metrô de Nova York. A mulher, toda coberta, está vestindo um bubu longo e cinza, cujas mangas são costuradas com um tecido estampado com uma nota de dez dólares. No cotovelo esquerdo, é possível ler bem o lema dos Estados Unidos: *"In God We Trust"*.

MIB AND WIB. Na loja, os seguranças são os MIB, *Men In Black*, e as mulheres de véu são as WIB, *Women In Black*. Juntos, poderiam formar um ótimo casal. "Seguranças e mulheres de véus de todo o mundo, uni-vos!"

BE ICONE. Uma WIB à procura de um produto está ajoelhada diante do estande da Dior. Acima de sua cabeça, pisca a frase publicitária: DIOR ADDICT, BE ICONE.

CONFUSÃO. Uma WIB, completa e fundamentalistamente coberta, faz com que batons e lápis desapareçam regularmente sob seu hijab. O segurança acha que ali tem um flagrante delito de roubo... até que, na outra mão da WIB, ele percebe um espelhinho que desaparece ao mesmo tempo que os produtos. Primeira cena de maquiagem feita por debaixo dos panos.

PAI E FILHA. Um pai árabe (saudita? kuwaitiano? catariano? egípcio?...) brinca de jogar a filha para o alto para pegá-la em seguida. A menininha, cabelos ao vento, é bonita e ambos riem às gargalhadas. Parecem tão felizes. O segurança não consegue deixar de se perguntar se um dia aquele pai obrigará sua filha a se cobrir inteira com um véu.

TEORIA DA SHERAZADE. Há milhares de anos, os hammams foram os primeiros centros de cuidados e beleza. Rímel, lápis de olho, hena, óleo de argan, sombra, batons etc., a arte da maquiagem tal como é conhecida hoje em dia tem suas raízes na cultura árabe. Foi trazida do Oriente pelos cruzados, que devem ter ficado bem felizes de encontrar pelo caminho mulheres com um cheiro inebriante, cabelos soltos e sem piolhos, de olhos delicadamente delineados, bochechas maquiadas com alguma coisa que não fosse farinha de trigo. Nos contos das *Mil e uma noites*, Sherazade é a imagem tutelar da mulher bonita e sedutora. Hoje, ela seria a pinup perfeita da L'Oréal ou da Christian Dior.

GOLFO DA GORDURINHA. Bahrein, Catar, Kuwait, Emirados Árabes Unidos, Arábia Saudita: o homem árabe do Golfo Pérsico, seja qual for sua fisionomia, sempre apresenta ao menos um traço externo de corpulência. A cada dois, um é sem dúvida obeso.

Os corpos dos beduínos que sobreviveram milhares de anos nas condições extremas do deserto aprenderam a conservar a pouca comida que recebiam pelo máximo de tempo possível. O organismo deles a armazenava na forma de reserva de gordura, destinada aos longos dias de escassez. Eles não estavam preparados para a opulência e a riqueza que o petróleo e seu influxo massivo de dólares de repente lhes proporcionaram. A comida, agora abundante e rica, continua a ser rapidamente transformada e armazenada por um longo período na gordura corporal. Não é possível desfazer em trinta anos o que a natureza levou mais de três mil anos para construir.

ALHAHMDULILLAH. Uma mulher árabe sem véu, loira tingida e vestida com um imponente traje de gala, soltou um arroto estrondoso, cujo som se destaca nitidamente do bafafá ambiente. Em seguida, percebendo que o segurança notou, soltou um: *"Alhamdulillah!"*.

Quando o islamismo ficou conhecido entre os beduínos, era raro fazer refeições que produzissem algum ar, de tão rudimentar que eram. Então, nas ocasiões em que alguém conseguia arrotar algo do que comeu, era de bom tom agradecer a Alá por esse milagre.

DE UM SHOPPING PARA OUTRO. Sair de Dubai, a cidade-shopping, para passar as férias em Paris para fazer compras na Champs-Élysées, a avenida-shopping.
O petróleo leva longe, mas estreita o horizonte.

CAMISETAS QUE FALAM. A camiseta parece ter se tornado um meio de expressão da moda. Nos peitos com ou sem seios, e/ou nas costas, frases, palavras, slogans, às vezes verdadeiras profissões de fé, invectivam o mundo ao redor.
– PRETTY LITTLE THING. De uma mulher loira de cabelos compridos, de tipo nórdico, que não pesa menos de 120 quilos em seu 1,90 metro.
– ÁGUIAS NÃO VOAM COM POMBOS. De um jovem negro estilo *gangsta rapper*. Não desgruda da namorada nem por um segundo.
– ELA DIZ NÃO PARA OS GAROTOS. De uma mulher com curvas impressionantes e andar lascivo e exageradamente gingado. Se acreditarmos no que diz a camiseta, o segurança conhece muitos africanos que poderiam mandá-la a um marabuto para desfazer o feitiço.
– SOU DARK, MAS NÃO SOU DOIDA. De uma morena baixinha, de cabelos curtos e andar masculino.
– ONE GOOD THING ABOUT MUSIC, WHEN IT HITS YOU FEEL NO PAIN. Uma frase de Bob Marley que um adolescente conseguiu colocar numa camiseta que vai até os joelhos.
– DON'T ABUSE ALCOHOL, JUST DRINK IT. De uma loirona que fala num idioma com sotaque eslavo.
– I HIT LIKE A BOY. De uma asiática liliputiana.

— BITCH BETTA HAVE MY MONEY. Extraído da poesia de um rapper nova-iorquino muito fino, como dá para perceber, chamado Ja Rule, numa camiseta usada por um branquinho com estilo retrô de rapper dos anos 80.

— AQUI É PARIS, FUCK OM.[12] De um molequinho loiro de onze anos, acompanhado dos jovens pais.

O VÉU E O CAPUZ. É proibido entrar na loja com um capuz na cabeça. Mas não é proibido entrar com um véu, mesmo completo. Que atitude adotar quando aparece aquela garota que tem um capuz por cima do véu?

SOBRE A ATRAÇÃO NATURAL DOS POLOS OPOSTOS. Um branquelão de aproximadamente 2,10 metros, bem pálido, com um moicano iroquês descolorido, está de mãos dadas com uma garota de pele retinta, de aproximadamente 1,50 metro. A mulher está "muito" grávida, o que acentua o efeito de contraste de uma bola murcha aos pés de uma vara que não acaba nunca. O homem fala olhando para a frente sem nunca baixar a cabeça. A mulher responde sem nunca levantar a cabeça. Nenhum deles grita, apesar da altura que os separa. Eles devem ter telefones e fones escondidos para poder se comunicar desse jeito. De novo, algo impossível com o bafafá da loja.

DIÁLOGO.
— Senhor, senhor, por favor, não estou encontrando minha filha. Você pode me ajudar a procurá-la? (Uma senhora em pânico para o segurança)
— Me descreva como ela é, senhora, por favor. (O segurança)
— Ela é loira de cabelo curto. Ela se chama Marion e... (A senhora, ainda mais desesperada)

---

12   Olympique de Marseille. (N. T.)

— Calma, senhora. A gente vai encontrar ela, vou passar um comunicado. Quantos anos tem sua filha? (O segurança)
— Quarenta! (A senhora)
— Senhora, com essa idade, não dá para se perder numa loja! (O segurança)
— Não é nada disso, meu senhor. Fui eu que me perdi! (A senhora à beira das lágrimas)

TATUAGEM VERSUS HENA. Nas peles, a batalha tatuagem versus hena se intensifica.

FRÁGIL. Como nas caixas de papelão para encomendas delicadas, uma mulher de cabelo curto tatuou no pescoço, debaixo da nuca, bem no meio da C3 e da C4: "Frágil". Muito pertinente. C3 e C4 são as vértebras cervicais na base do crânio. Elas são muito frágeis. Com uma fratura mínima, a medula espinhal pode ser subitamente seccionada. Consequência: paralisia irreversível e/ou morte por degeneração dos neurônios.

CÓDIGO DE BARRAS. Uma garota tem um código de barras tatuado no pescoço. Maior vontade de passar o leitor infravermelho do caixa para saber quanto ela custa.

TATUAGEM NEGRA. Por causa do frágil contraste entre a tinta preta da tatuagem e a pele do tatuado, nos negros as tatuagens ficam parecendo dermatoses. Além disso, a tendência natural das peles negras para cicatrizar produzindo queloides faz com que as tatuagens dos negros, vistas de perto, sejam 3D.

BASE NUDE. Nude é a pele sem a aplicação de base. Então como é a base nude? Expressão esquisita.

JOGO DE PALAVRAS.
Na indústria da beleza,
Jogos de palavras são sutileza:

> Dior J'adore
> Cargo, the big bronzer
> Eau d'Issey Miyake
> The POREfessional
> BeneFit
> Posie tint
> Diesel Fuel for Life
> Dandelion...[13]

QUANDO FALTAM PALAVRAS. Por extenso em uma caixa:

> Yes to tomatoes
> Creme para pele suave
> Realmente incrível

DIESEL FUEL FOR LIFE. Neste outdoor, um efebo, boca entreaberta, camisa aberta sobre um abdome escultural. Da braguilha aberta do jeans, vemos o frasco do perfume. O gargalo é igual a um falo em cima de um testículo único e desproporcional, o ventre do frasco.

---

13 *Cargo(-boat)*, navio (de carga); Eau d'Issey, em francês, lê-se exatamente como *Odyssée* [Odisseia]; *Pore*, "poro"; BeneFit, de *benefit* [benefício] ou *bene* [bem] e *fit* [em forma]; Posie tint, de *posy* [cheio de pose] e *tint*, lê-se aproximadamente como "Positano", destino turístico de luxo na Itália, também um perfume da marca Par Fun; Diesel "Combustível para a vida"; e Dandelion, *dent de lion* [dente-de-leão]. (N. T.)

DIÁLOGO.
— Ele me falou que era bi, mas acho que era só porque não queria assumir a homossexualidade. (Uma mulher de uns trinta anos para sua amiga-zoeira)
— E aí? (A amiga)
— Estava com uma ereção enorme. (A mulher, fazendo um gesto inequívoco com o braço)
— Mentira! E aí? (A amiga)
— Aí veio para cima de mim como se tivesse acabado de sair da cadeia.
— Aaaaaaah!
As duas mulheres riem com gosto. Elas estão em frente ao outdoor Diesel Fuel for Life.

TCHATCHO E KPAKPATO. São chamados de *Tchatcho* os africanos ou africanas negros que passam por um processo de clareamento artificial da pele. Esses "aprendizes de branco", esses "claros-escuros" sempre são delatados por partes de sua anatomia que permanecem bastante rebeldes ao "embranquecimento": as articulações dos dedos. Por isso, essas partes do corpo são chamadas de *Kpakpato*, isto é, traíras.

O segurança acha que identificou uma mulher *Tchatcho*, mas a espertinha está usando luvas. Portanto, é impossível dar um veredicto sobre a origem daquela palidez extrema, tão raramente combinada com um rosto banto... De repente aparece por trás dela um garotinho de uns dez anos que era sua cara, mas preto que nem carvão. A *Tchatcho* é desmascarada.

Moral da história: a progenitura é um ótimo *Kpakpato* para desmascarar um *Tchatcho*.

PONTO G. A *Tchatcho* está vestindo um conjunto de moletom aveludado cor de rosa. A marca da sua indumentária está estampada bem nas nádegas, em letras cintilantes de diamantes falsos: Christian Audigier. O rabo estilizado do G contorna o cu igual a um alvo.

FLOKO. Uma mulher branca entra na loja com uma sacola que tem um desenho grande de uma chéchia[14] colonial bem vermelha.

Na época da colonização, os guardas coloniais ou "guardas do círculo"[15] eram africanos cretinos, brutais, cruéis e dedicados na execução das ordens de seus senhores brancos.

Floko, em bambara, significa "saquinho". O prepúcio, que é igual a um saquinho na ponta do pênis, também é chamado de *floko*. Por metonímia, a mesma palavra designa quem não é circuncidado. Nas regiões onde a circuncisão muitas vezes é um rito iniciático ou de passagem para a idade adulta e uma responsabilidade pessoal e coletiva, ser tratado como não circuncidado é particularmente um insulto. Odiados pelas populações devido à brutalidade e aos abusos, os guardas coloniais eram apelidados "guardas *floko*". Eles usavam chéchias vermelhas.

FLOKO 2. Com sua bela chéchia vermelha, o homem negro da embalagem do chocolate em pó Banania é um "guarda *floko*"! Por trás do largo sorriso, ele esconde um cassetete esculpido em iroko, a madeira mais dura da floresta, e pintado com cal para que possa ser visto de longe e para que nunca se esqueça a cor da pele do homem que dava a ordem de golpear na cabeça, nas costas ou na bunda.

---

14 Chapéu tradicionalmente usado em países do norte da África, como Tunísia, Argélia e Marrocos. (N. T.)
15 "Cercles" eram as microunidades administrativas dirigidas por um colono europeu na África, que funcionaram de 1895 a 1946. Os comandantes inspecionavam os impostos e os trabalhos forçados. Nesses "círculos" havia dirigentes locais autóctones, que também exerciam a função de vigia nos trabalhos forçados de seus próprios conterrâneos. (N. T.)

Talvez seja essa a explicação para o chocolate em pó nunca ter tido nas colônias o mesmo êxito que teve na metrópole.

FLOKO 3. Um homem negro, com um forte sotaque estadunidense, pergunta ao segurança onde fica a butique Guerlain. Ele está com uma sacola na qual se lê COMPTOIR DES COTONNIERS. Em outra época, esse homem teria sido um Uncle Tom, versão estadunidense menos violenta e mais dedicada do "guarda *floko*".[16]

BATOM BRANCO. Uma mulher negra pintou a boca com um batom branco. O que dá a impressão de que seus lábios estão infeccionados e cheios de pus.

CÓDIGOS DE CORES. A loja é comprida e as pilastras em preto e branco parecem um árbitro de basquete estadunidense. À direita, a cor laranja é um código para perfumes masculinos. À esquerda, rosa para perfumes femininos. No fundo, verde para cuidados com o corpo e o rosto. Essa área é apelidada de "Pasto", tanto pela cor quanto pelo nome de uma marca suíça de cosméticos, La Prairie, onde fica o item mais caro da loja: um creme de 100 ml que custa 900 euros.

VACA NO "PASTO". Uma mulher alta, com coxas, nádegas e peitos enormes, está vestida com um conjunto bem justo

---

16 Marca de roupas francesa, que pode ser traduzida como "Vitrine do algodão". Uncle Tom (Pai Tomás, em português) é o protagonista do romance *A cabana do pai Tomás* (1852), de Harriet Beecher Stowe. Atualmente, além de seus estereótipos racistas, o romance é criticado pelo caráter dócil e cristão de pai Tomás, irracionalmente servil e complacente com a crueldade de seus escravizadores brancos. (N. T.)

malhado de preto e branco. Ela usa uma argola larga no nariz que chega no lábio superior e está mascando chiclete enquanto olha concentrada e por muito tempo um pote de creme La Prairie.

COISAS DE VACA. Com certeza existem cargos um pouco mais exigentes no campo de trabalho da segurança. E o segurança de loja representa, nesse mundo, o que a marca popular A Vaca que Ri representa no mundo dos queijos.

VÊNUS HUGUENOTE. Uma imponente mulher branca esteatopígia, com um belo rosto de boneca, é a réplica impressionante da famosa Vênus Hotentote. Se houvesse mais mulheres brancas como esta, a pobre Saartjie Baartman nunca teria sido tratada como um animal selvagem nos abomináveis zoológicos humanos da Europa do século retrasado. Também não teria terminado sua vida numa mesa de dissecção do Museu de História Natural de Paris.

CHIHUAHUA E UM HUMANO PEQUENO. Na loja, um idoso entra segurando pela coleira um chihuahua gigante e um humano pequeno. O cachorro está com a coleira no pescoço. A criança está com a coleira na cintura. Diante do olhar atônito do segurança, o idoso sussurra, dando uma piscadela incisiva: "É meu neto, ele é hiperativo, tenho até atestado médico!".

QUANDO O ALARME APITA. O alarme de segurança apita quando alguém entra ou sai com um produto que não foi desmagnetizado. É só uma suspeita de roubo, e em 90% dos casos o produto foi pago de forma devida e adequada. Mas é impressionante ver como quase todo mundo obedece à injunção sonora do alarme. Quase ninguém o transgride.

Mas as reações divergem de acordo com as nacionalidades ou culturas.

– O francês olha para todos os lados para demonstrar que foi outra pessoa, e não ele, quem provocou o barulho e que também está procurando, só para colaborar.
– O japonês para na hora e espera o segurança vir até ele.
– O chinês não escuta, ou finge não escutar, e continua andando com a cara mais natural possível.
– O francês de origem árabe ou africana reclama de conspiração ou discriminação racial.
 O africano aponta o dedo para o próprio peito, como se pedisse uma confirmação.
– O estadunidense vai direto para o segurança, sorrindo com a boca e a bolsa entreabertas.
– O alemão dá um passo para trás para testar e verificar o sistema.
– O árabe do Golfo Pérsico para da forma mais arrogante possível.
– O brasileiro põe as mãos para cima.
– Um dia, um homem desmaiou literalmente. Não foi possível identificar sua nacionalidade.

GAIOLA DE FARADAY. Para escapar das ondas eletromagnéticas do alarme, logo, do segurança, o melhor a fazer é colocar os itens roubados em uma gaiola de Faraday. Uma maneira bem simples de construir uma dessas consiste em forrar completamente uma bolsa com uma ou mais camadas de papel-alumínio. Mas isso enrijece as laterais da bolsa, e o olho do segurança é treinado para detectar falcatruas. Na dúvida, o próprio segurança pode acionar o alarme e assim pôr as mãos naqueles que utilizam as leis de Michael Faraday em vez do cartão de crédito para fazer compras.

DIOR J'ADORE. Este perfume provoca uma atração sistemática e muito poderosa nas mulheres árabes, chinesas e do Leste Europeu. Na loja, todo dia promovem um concurso informal de compradoras de Dior J'Adore. Ontem, vitória dos Emirados Árabes Unidos (EAU) com uma mulher que gastou € 1.399,75 em Dior J'Adore, numa cesta que somava € 3.456,85 em compras.

DIOR J'ADORE 2. Um longo pescoço rodeado de um amontoado de argolas acobreadas, sobre o qual pousa uma cabecinha: o desenho do frasco de Dior J'Adore evoca as "mulheres-girafas" da Tailândia. Essas mulheres, originárias de um povo de Myanmar (ex-Birmânia), são abordadas por agências de turismo nos falsos vilarejos tradicionais, onde são exibidas para os turistas ocidentais por uma mixaria. Com seus "frascos-girafas", Dior J'Adore oscila entre o cinismo e uma estética oca.

O HOLOFOTE. De cinco a seis vezes por dia, os vendedores e as vendedoras da loja formam um corredor na entrada. Então entra a música no volume máximo, e todo mundo começa a dançar batendo palmas mais ou menos no ritmo. Dentro da Sephora, isso se chama "holofote". É uma das grandes atrações da avenida. Há sistematicamente uma multidão na frente da loja. Com o tapete vermelho, os clientes que entram nesse momento se sentem privilegiados, estrelas. O menor sinal de um passinho de dança ridículo provoca os gritos estridentes dos vendedores e das vendedoras. Óbvio que, para imortalizar esse momento "memorável", cada um pega sua câmera fotográfica ou o celular. De longe, parece uma floresta de aparelhos em cima de pernas humanas. Eles assistem ao "espetáculo" ao vivo pelas telas dos celulares.

O HOLOFOTE 2. Gente demais, barulho demais, péssimos dançarinos, péssima música, "o holofote" é um dos piores momentos no dia do segurança.

Quem vai queimar no inferno por todas essas músicas horríveis *imund*ialmente difundidas?

Enquanto isso não acontece, malditos sejam David Guetta e Black Eyed Peas!

DESODORANTE. Literalmente, o desodorante perfeito seria aquele usado para eliminar todos os odores do corpo, e não para colocar outro.

NIKON VERSUS CANON. Os asiáticos, com suas enormes máquinas fotográficas munidas de enormes lentes penduradas em alças transversais na barriga, se dividem em duas categorias:
– Amarelos: Nikon de alça amarela e preta.
– Vermelhos: Canon de alça vermelha e preta.

A SAPATEIRA. Um jovem japonês entra com uma bolsa transversal Prada e, numa das mãos, uma espécie de instrumento de plástico no qual estão pendurados tênis visivelmente usados: é um (trans)porta-sapato. Nos próprios pés ele está usando chinelos azuis, e o segurança imagina, quando começa a chover, ele trocando bem rápido de calçado enquanto grita "banzai!". Quando não entendemos o "outro", inventamos, geralmente por meio de clichês.

REVOLUÇÃO CULTURAL LV. Cintos, porta-moedas, lenços, bolsas, malas etc. Os chineses sempre têm pelo menos um acessório Louis Vuitton. A revolução cultural de Mao chegou ao ápice na Place Vendôme.

CHINA VERSUS JAPÃO.
– Além do imprescindível acessório Louis Vuitton, os chineses se vestem como o seu Zé e a dona Maria do bar esportivo ao lado da estação suburbana de La Ferté-

-sous-Jouarre[17] ou do provinciano Ambléon-sur-Gland.[18]

– Os japoneses se vestem como Maurício ou Patrícia frequentando algum ponto turístico: Chat Noir, perto da Rue Oberkampf, ou Chez Prune, no canal Saint-Martin em Paris.

– Numa conversa em chinês, é perceptível uma abundante ocorrência de A nos fonemas. A China é um país continental, portanto, naturalmente aberta de certa forma.

– Numa conversa em japonês, é perceptível uma abundante ocorrência de O nos fonemas. O Japão é um país insular, portanto, naturalmente fechado de certa forma.

– Os chineses estão sempre em grupo.

– Os japoneses geralmente estão sozinhos ou, no máximo, em casal.

– Os chineses gritam, até para pedir informações para os seguranças.

– Os japoneses sussurram, principalmente para pedir informações para os seguranças.

CERA NO OUVIDO. Assim como os chineses, há uma grande possibilidade de os italianos também serem meio surdos. Do contrário, seria difícil explicar a razão de falarem tão alto, mesmo quando estão perto uns dos outros.

MESSIAS. "A ARTE SALVARÁ O MUNDO", FIÓDOR DOSTOIÉVSKI. Escrito em negrito na sacola de uma senhora.

---

17 La Ferté-sous-Jouarre: bairro de Seine-et-Marne, região suburbana no extremo de Paris, onde é possível conseguir trabalho no imenso shopping ou no pedágio da rodovia A4.
18 Ambléon-sur-Gland: povoado de Ain, ao norte de Lyon, onde corre o Gland, um rio tranquilo.

GRANDE CAPITAL CEGO E APÁTRIDA. Uma mulher está completamente coberta com o véu. Não há sequer uma abertura para os olhos. Ela pode ser de qualquer país. Está com uma sacola de plástico em que se pode ler em vermelho:

> LE REVENU
> Revista de consultoria
> Mercado de ações e Investimentos

NILUFAR, A PERSA. Trata-se de uma vendedora de origem iraniana. Ela compensa o rosto relativamente ingrato com um sorriso impecável. Irradia uma verdadeira alegria de viver. *Nilufar* quer dizer "nenúfar" em persa. A flor de lótus também é um nenúfar.

O GOSTO DA RALÉ. Os jovens de periferia, que recebem o epíteto abusivo e arbitrário de ralé, vêm se perfumar sistematicamente na seção da Hugo Boss, ou com One Million, de Paco Rabanne, um frasco em forma de barra de ouro. Há sonhos em símbolos e símbolos em sonhos.

REBAIXAMENTO. O axioma da Camaïeu, "Numa loja de roupas, um cliente sem bolsa é um cliente que nunca roubará", não se aplica na Sephora. O que o rebaixa à categoria de simples teorema.

Na Sephora, calcinhas, sutiãs, bolsos, pochetes, lenços, bonés, luvas, carrinhos de bebê etc., tudo que um corpo humano pode carregar ou transportar é suscetível de ser utilizado como esconderijo ou meio de transporte para algum item que não tenha feito a parada obrigatória nos caixas.

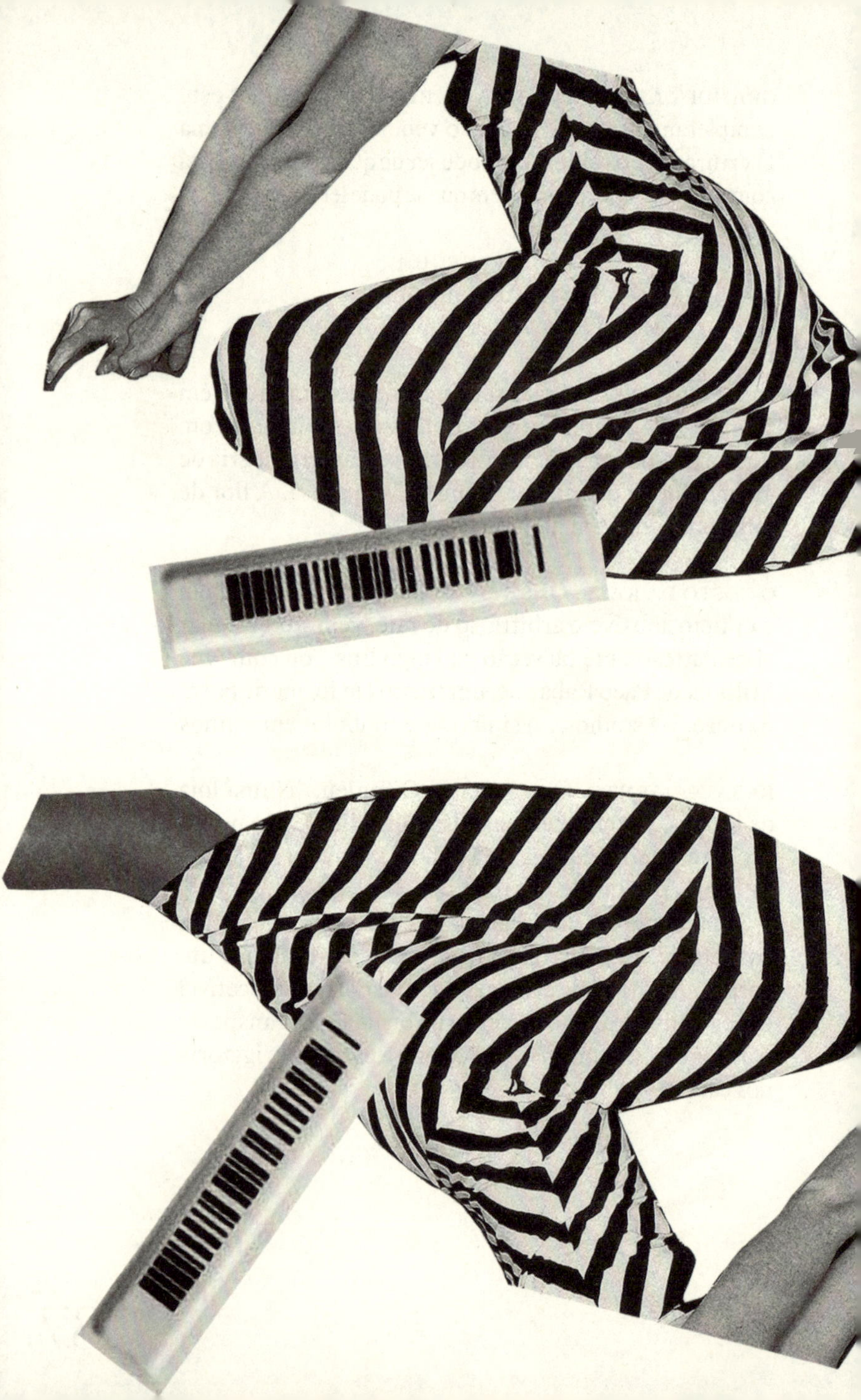

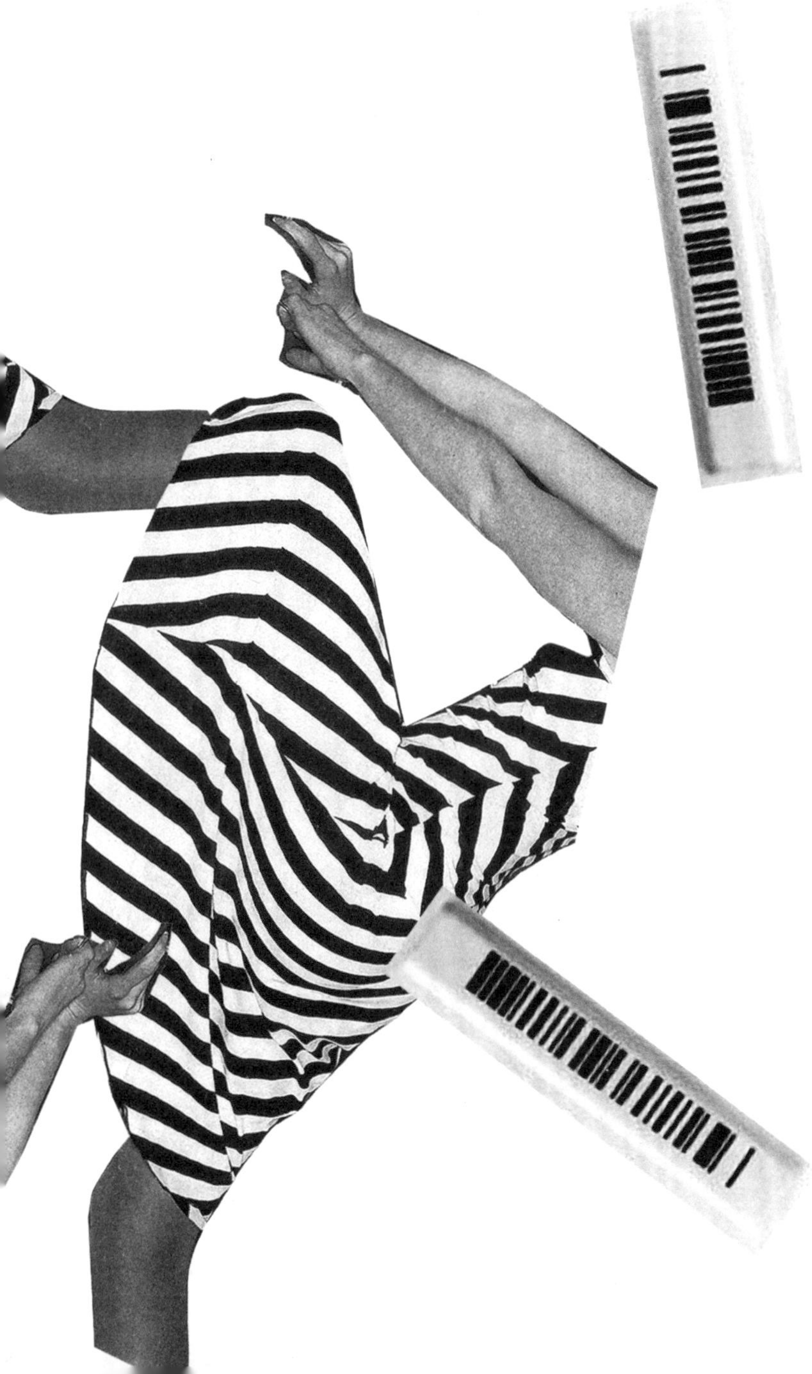

A IDADE
DO OURO
1990–2000

90

"ENVIE DINHEIRO PARA A SUA TERRA." A MULHER TINHA UMA PEÇA DE *PAGNE*[19] AMARRADA À CABEÇA. SEU VESTIDO COM ESTAMPAS VIBRANTES E MULTICOLORIDAS FOI CORTADO DO MESMO TECIDO DO LENÇO.

---

19   O *pagne* é uma peça de roupa versátil e muito usada em determinados países africanos. Constitui-se de um grande pedaço retangular de tecido que é enrolado na cintura para formar uma saia ou é disposto sobre partes do corpo. (N. T.)

Com certeza um Wax[20] holandês; talvez um "Meu marido me deixou", um "Minha rival é ciumenta" ou um "Estou contigo e não abro". Cores chamativas, estampas de formatos estranhos, nomes pitorescos, nunca se viu uma mulher holandesa vestida com um tecido desse. Tanto em Amsterdã quanto em Feyenoord, com exceção do Dia da Rainha, em que todo mundo se veste de laranja, as roupas são sempre sóbrias e sombrias como em qualquer parte da Europa. Porém, depois de tanto tempo, as mulheres africanas só confiam nos truculentos "Wax verdadeiro, 100% made in Netherlands". A peça de tecido custa no mínimo o salário de alguém que exerce um cargo menor no serviço público em Uagadugu ou Lomé.

A mulher parecia uma estátua com um largo sorriso coroado por bochechas bem rechonchudas e brilhantes, apesar da pele escura. Seu pescoço esguio descia e se transformava delicadamente em ombros arredondados. As clavículas tinham vergonha de destoar dessas curvas harmoniosas, não se atrevendo, portanto, a produzir nenhuma cavidade na base do pescoço. Apenas os seios, que pareciam monumentais, se permitiam o início de um sulco pudicamente coberto por seu precioso tecido batavo, o Wax. A mulher exalava abundância e felicidade; a imagem não dava margem para qualquer dúvida quanto a isso.

"Envie dinheiro para a sua terra." A criança estava de pé ao lado da mulher. Também estava vestida com uma camisa de *pagne*. Com certeza é um Fancy. Ninguém confecciona camisas infantis com Wax holandês. Isso

---

20 Wax: peça de algodão estampada dos dois lados por meio de um sistema de cera importado para a África por soldados ganenses que combatiam pela Holanda em Java e Sumatra.

não se faz. Para as crianças, "Fancy é melhor!". Fancy era um *pagne* de menor qualidade, o *pagne* do dia a dia. Fancy! Com um nome desses, com certeza esse *pagne* deve ter vindo das fábricas têxteis da Inglaterra. Liverpool? Manchester? Talvez. Agora, o Fancy era confeccionado em fábricas instaladas no próprio país, em Bouaké ou Abidjan. E na cabeça das pessoas, isso era suficiente para ver nele todos os tipos de defeito de fabricação, reais ou imaginários. Diziam, por exemplo, que o Fancy desbotava muito mais rápido que o Wax. Mas, como era bem mais barato, as pessoas o usavam mais, portanto ele era muito mais lavado. Batido na pedra, esfregado energicamente em tábuas rugosas de madeira, enxaguado com muita água, torcido para lá e para cá para retirar a água, para depois ficar secando sob o escaldante sol tropical — que tecido aguentaria tanto tempo depois de um procedimento desses? Era nítido que a camisa de Fancy da criança ainda não tinha passado pelas investidas dos *Fanico*, os vigorosos lavadeiros de roupa. Esses lavadeiros musculosos circulavam pelas concessões[21] todas as manhãs, à procura de um pano para maltratar em nome do desejo de asseio. No outdoor, a camisa da criança era nova e muito bem passada. Nenhum *Fanico* tinha posto as mãos nela. A criança encarava a objetiva com olhos risonhos e amendoados devidos a um grande sorriso, tão largo quanto o da mulher. Sua corpulência nítida e o rosto redondo sugeriam um parentesco muito próximo com a mulher. Mãe e filho? Com certeza. De qualquer jeito, a imagem não dava margem para qualquer dúvida quanto a isso.

---

21 Conjunto de moradias habitadas por membros de uma família ou de uma comunidade, geralmente em torno do patriarca. (N. T.)

"Envie dinheiro para a sua terra." A foto estava enfiada numa dessas carteiras que trazem um pequeno compartimento de plástico translúcido, sob o qual é possível guardar fotos de pessoas no mínimo tão queridas para a carteira quanto para o coração. Bem embaixo da foto, a imagem de um polegar grosso e negro atesta que o dono da carteira era de fato um homem negro. Não um antilhano, senão a mulher teria um chapéu extravagante e o tecido seria xadrez. Não um estadunidense, senão a mulher estaria usando como penteado uma juba preta e lisa de cabelo sintético, olhos verdes de lentes de contato e um terninho monocromático bem cortado. Não, o homem que portava essa carteira era um africano. Os *pagnes* da mulher e da criança confirmavam isso. O *pagne* como indício de africanidade. O publicitário dominava muito bem o beabá dos clichês. Além disso, a locução adverbial de lugar "para a sua terra" também podia ser uma prova de que ele dominava seu dicionário pretinho de bolso. O imperativo estava em destaque na parte inferior do anúncio, com uma letrinha amarela num fundo preto. Era dessa forma que a Western Union® vendia seu serviço de transferência de dinheiro em um painel de quatro metros por três. "Envie dinheiro para a sua terra." Ossiri contemplava os doze metros quadrados de publicidade da sua pequena guarida de segurança na parte interna do que antigamente eram os Grands Moulins de Paris.

No Quai Panhard-et-Levassor, os Grands Moulins não passavam de uma carcaça vazia. Já fazia um tempão que não saía um único grama de farinha daquele prédio fantasmagórico, metido entre o Sena e os trilhos da estação de Austerlitz. Para impedir que marginais ocupassem o lugar, o complexo era vigiado por dois seguranças, permanentemente, vinte e quatro horas por dia, todos os dias do ano. Tinham ajeitado uma pequena cabine pré-fabricada não muito longe da entrada onde imperava uma velha guarida em ruínas e o resto do braço de uma cancela. Na parte de dentro, uma mesa, uma cadeira e um pequeno aquecedor elétrico. Naquela manhã de inverno, Ossiri estava passando frio. Sentado na cadeira, ele literalmente pôs os pés no aquecedor, que, com toda a força de sua resistência elétrica, se esforçava para aumentar em alguns graus a temperatura do casebre. Com as mãos nos bolsos, ele olhava sem parar o anúncio da Western Union® pedindo, em nome dos sorrisos sedutores de uma mulher vestida com Wax e uma criança com Fancy, que os imigrantes da França enviassem dinheiro "para a sua terra".

"Envie dinheiro para a sua terra." Um toque de confiança no olhar, um tiquinho de altivez, um bocado de desenvoltura diante das câmeras, ou talvez seja o conjunto... De tanto encarar o outdoor, Ossiri acabou encontrando algumas semelhanças entre sua mãe e a mulher da foto da publicidade. O trabalho dos publicitários era um sucesso absoluto, porque encontrar alguma semelhança entre essas duas mulheres era quase uma façanha alucinatória, já que elas tinham físicos diametralmente opostos. Além disso, a mãe de Ossiri nunca se vestia com *pagne*. Usava calça jeans e blusas discretas. Sempre. Ela tinha adquirido esse costume desde que voltou da França, nos anos 1970, depois de terminar os estudos de sociologia. Seu estilo de se vestir, considerado o de uma mulher ocidental emancipada, lhe rendeu uma alcunha que ela detestava mais do que qualquer outra coisa: "A Branca". Contudo, ela não deixava de explicar a quem quisesse ouvir que o *pagne* chamado de africano era um "*símbolo poderoso*" de alienação, colonização e dependência: "O arremate ridiculamente colorido do ciclo infernal de humilhação dos negros que começou com a escravidão". Ossiri sempre se perguntava de onde saíam aquelas frases e aquela paixão que se acendia nos olhos da mãe sempre que ela começava a falar daqueles assuntos.

"Com a astúcia, o ferro e a pólvora, os brancos acorrentaram os nossos, aos milhões, sequestraram-nos e os espalharam por todo lugar que encontravam como pedras no caminho para as Américas. Sob o chicote, a humilhação e a negação total de qualquer humanidade, obrigaram-nos a trabalhar nas plantações, como Bakary, o agricultor, obrigou os bois a trabalhar nos campos lamacentos atrás da casa dele. Prestem atenção, crianças, os brancos são iguais a nós. Eles só têm um problema de escala, mas são iguais a nós. Iguais a nós de corpo e alma. Iguais a nós na devoção aos deuses. Para que seus campos sejam férteis, eles fazem sacrifícios. Mas em vez de fazer como nós, que simbolicamente degolamos uma galinha, deixando escorrer um tênue fio de sangue no chão para enviar algumas imprecações muito bem escolhidas para nossos ancestrais, eles são obrigados a derramar enxurradas de hemoglobina. Seus ancestrais tinham torturado e humilhado cruelmente o filho do deus deles antes de pregá-lo numa cruz, na qual ele morreu perdendo todo o sangue. Para expiar essa culpa, o deus deles agora exigia enxurradas de sangue durante os sacrifícios propiciatórios. Então os brancos massacraram milhões de indígenas para fazer com que as terras das Américas se tornassem férteis. Rios de sangue de homens vermelhos regaram o solo onde escravos negros trabalharam sem parar ao longo de quatro séculos! Prestem atenção, crianças, quatrocentos anos em que os brancos das Américas venderam para o mundo inteiro os produtos agrícolas mais financeiramente rentáveis de todos os tempos. A cana-de-açúcar e o algodão eram os mais emblemáticos. O algodão invadiu a Europa inteira. As tecelagens da França, da Inglaterra e da Holanda começaram a funcionar a todo vapor. E os brancos de lá passaram a se vestir cada vez melhor. Ao longo dos anos, nossos irmãos escravizados se tornavam cada vez mais numerosos e cada vez mais fortes. Tão fortes que, mesmo debaixo de chicote, eram capazes de cantar lamentos magníficos enquanto trabalhavam cada vez mais. Assim, o algodão acabou dominando todas as tecelagens da Europa. Os brancos até podiam se vestir bem, se trocar todos os dias, inventar modas, mas já não conseguiam consumir todo o algodão barato vindo do Mississippi, do Alabama, do Caribe, enfim, de todas as Américas. Foi aí que eles tiveram uma brilhante ideia: a África. Isso mesmo, a África, um grande reservatório de consumidores de tecidos de algodão que dormia a uma curta distância de navio, caramba! Milhões de selvagens ainda caminhavam nus na África. Uma África que os europeus tinham fatiado cuidadosamente em territórios mais ou menos aleatórios, que eles dividiram meticulosamente como se estivessem dividindo carne de elefante depois da caça coletiva. Desde a época em que trocavam espelhos ou cacarecos brilhantes por marfim ou ouro com chefes de tribos ignorantes, os brancos tinham formado uma ideia sólida e bem detalhada dos supostos costumes e gostos dos africanos. Nas tecelagens, eles transformaram as bolas de algodão em tecidos com cores berrantes e estampas delirantes. Foi assim que o *pagne* africano surgiu. A deportação de milhões de negros alguns séculos antes havia ensinado aos brancos maneiras bastante eficazes de encher os porões dos navios com mercadorias instáveis e que nem sempre eram fáceis de armazenar. E nem estou falando de uma mercadoria que é inerte, flexível e dobrável! Os porões dos navios ficavam abarrotados até a tampa, às vezes até o convés. Eles despejaram quilômetros e quilômetros de *pagnes* por todo o nosso litoral; de Dacar a Nairóbi, do Cairo à Cidade do Cabo. A propaganda do forte sempre ressoa na submissão do fraco. Africanos e africanas adotaram e adaptaram o *pagne* como se ele sempre tivesse existido assim. Africanos e africanas começaram a cobrir seus belos corpos com esses tecidos de origem vergonhosa e gosto duvidoso. O arremate ridiculamente colorido do ciclo infernal de humilhação dos negros que começou com a escravidão."

"Envie dinheiro para a sua terra." Ossiri nunca havia imaginado que um simples outdoor seria capaz de transportá-lo para tão longe no espaço e no tempo. As longas noites de disciplinas extracurriculares, durante as quais a mãe lhe contava sua própria versão da história, remontavam-lhe em ondas sucessivas e às vezes turvavam sua visão com uma película de líquido lacrimal. Diziam que a mãe de Ossiri havia mudado muito depois que ela foi para a França. Para desespero da família, ela começou por recusar o bem-remunerado cargo de professora assistente que o Ministério da Educação Nacional lhe havia oferecido na Universidade de Abidjan. Ela preferiu continuar sendo a professora modesta que era antes de ir para a França para prosseguir com os estudos, coisa que a Universidade Nacional não podia oferecer a partir de determinado nível. Quando lhe perguntavam por que tinha feito essa escolha, ela deixava seus interlocutores perdidos com explicações incompreensíveis sobre uma teoria marxista conhecida como "suicídio de classes". Ela sempre fazia questão de expressar seu ponto de vista, e as pessoas ficavam horrorizadas quando ela começava a falar que essa ideologia tinha sido criada e colocada em prática por um tal de Amílcar Cabral, uma espécie de Che Guevara com melanina, um cabo-verdiano que foi para Serra Leoa lutar pela revolução. Sempre que faltava dinheiro, a avó de Ossiri proferia palavras que nunca eram duras o bastante contra aquele capeta do "Amil-caca-bral", que saiu do seu país para os cafundós e foi meter o nariz onde não tinha sido chamado e ainda por cima foi fazer com que sua filha se recusasse a se tornar uma grande professora universitária. Depois de ter "suicidado" sua classe, a mãe de Ossiri passou para outra etapa. Toda vez que paria um filho, ela se recusava a dar um nome judaico-cristão ou islâmico a ele, mesmo que esse nome ficasse na terceira ou quarta posição em algum lugar nos confins da certidão de nascimento do registro civil de Abidjan. Ossiri, seu irmão mais novo, Wandji, e suas irmãs mais novas, Ohoua e Djèdja, sempre foram os únicos alunos de suas classes que só tinham nomes africanos. Isso rendeu para cada um deles algumas brigas memoráveis por causa das zombaria das outras crianças, que, por sua vez, tinham nomes aleatórios como Jean-Claude, Pierre-Émile, Pascal, Jacques-Philippe, Brigitte, Anne-Cécile, Thérèse ou Marie-Françoise... E a mãe deles é que ganhou o apelido de "A Branca". Era o cúmulo! Quando Aké, grande economista e pai deles, foi viver com outra mulher, menos branca, menos complicada e menos intelectual para o gosto dele, as noites de disciplinas extracurriculares se converteram em uma espécie de comunhão familiar ao redor da mãe. Ossiri recordava palavras, frases e trechos inteiros.

"Prestem atenção, crianças, as *disciplinas extracurriculares* de casa são no mínimo tão importantes quanto todas as demais ensinadas em sala de aula. Os programas escolares do nosso país foram estabelecidos por pessoas que, apesar de sua provável competência, são sobretudo muito preguiçosas. Elas se contentaram em dar continuidade aos programas herdados da colonização. Sem qualquer reflexão, seguiram os passos do ensino colonial humilhante, infantilizante e racista. Hoje, são os africanos que ensinam às crianças africanas como ter vergonha de si mesmas, da sua cultura, da sua língua, da sua história, de toda a sua civilização. São os próprios africanos que ensinam às suas crianças a bravura de Vercingétorix, a selvageria dos Zulu, a visão iluminada de Luís XIV, a cegueira do rei Beanzim, as glórias de Napoleão, a fraqueza de Samory Touré, a coragem de Henry Stanley, a covardia dos Makoko, a generosidade da Igreja, o obscurantismo dos fetiches... Como demonstração da supremacia da civilização judaico-cristã sobre todas as outras civilizações, essa forma de ensino é muito mais eficaz do que na própria época dos brancos. Prestem atenção, crianças, a obra-prima da colonização foi a educação. Portanto, é só através da educação, da educação básica, que conseguiremos nos livrar desse pesado passivo colonial. Na universidade, já é tarde demais. A essa altura, os jovens de lá já estão muito impregnados do seu fascínio pelo branco e do complexo do bom negro. Eles vão agir igual aos seus mestres. Por isso precisamos de homens e mulheres dispostos a ensinar vocês, para que reaprendam a ser os africanos que nós, pais de vocês, teríamos sido se tivéssemos aprendido o valor da nossa própria cultura, da nossa civilização muito antiga. Prestem atenção, crianças!"

Além da música das palavras da sua mãe, Ossiri também se lembrava dos gestos, lentos e seguros, dos lábios que criavam maravilhosas figuras biomórficas, daquela chama que ardia nos olhos dela, do olhar encantado de seu irmão e de suas irmãs... Ossiri se lembrava de tudo. E isso o aquecia muito mais que o aquecedor que ardia debaixo dos pés.

"Envie dinheiro para a sua terra." Ele era obrigado a fazer rondas nos pavilhões vazios. Vidraças quebradas, portas faltando, corredores infinitos, salas sem teto, pátios abarrotados de sucata, rampas mecânicas gigantes paralisadas pela ferrugem, máquinas velhas com formatos estranhos... Os Grands Moulins de Paris eram uma ruína magnífica. As correntes de ar do inverno glacial dançavam sua farândola gelada naquelas naves espaciais encalhadas nas margens do Sena. Ossiri adorava fazer rondas. Além do fato de poupar suas costas da ancilose de ficar sentado em uma cadeira dura, andar por esses lugares muitas vezes dava-lhe a impressão de estar num desses filmes hollywoodianos em que o herói solitário percorre uma terra pós-apocalíptica em busca de uma verdade redentora escondida em algum confim distante, para além do caos. Ele gostava da sensação de vertigem quando levantava os olhos para determinados lugares onde crescia um emaranhado de vigas de concreto e grandes tubos metálicos. Os famosos silos deviam estar ali. Exclusivamente pelas leis da gravidade, os grãos de trigo deviam cair de lá de cima, passar de máquina em máquina, peneira em peneira, até chegar na altura de uma pessoa, em forma de farinha imaculada, homogênea e sem nenhuma impureza. Ossiri mal conseguia imaginar todas as toneladas de trigo que deviam ter passado por ali até se tornar toneladas de farinha transformadas em toneladas de pães que alimentaram milhões de pessoas no decorrer de décadas. Isso o deixava zonzo, e ele gostava dessa sensação de vertigem.

Em sua terra, também havia os Grands Moulins de Abidjan. Datavam da época da colonização e provavelmente foram construídos com base nos mesmos princípios que os do Quai Panhard-et-Levassor. E, como em Abidjan o pão também era um alimento nacional, nunca faltava matéria-prima nos silos dos Grands Moulins de lá. Mas, apesar dos esforços conjuntos dos engenheiros da Agência de Pesquisa Científica e Técnica de Além-Mar, a Orstom, e do Instituto Nacional de Pesquisa Agronômica, o Inra, nenhum único gérmen de trigo jamais se dignou a brotar no clima tropical quente e úmido da Costa do Marfim. Ossiri e os irmãos receberam horas e horas de disciplinas extracurriculares sobre a alienação alimentar. Esse assunto deixava a mãe dele muito brava. Em casa, nunca tinha pão no café da manhã. Nunca teve. Também não tinha leite e muito menos manteiga. Inhame, mandioca, "arroz dormido", banana, de todas as formas e em todos os estilos de preparação: ela dispunha de um arcabouço de imaginação para que eles não tivessem inveja dos colegas de sala, que se alimentavam de torradas com manteiga Président, leite condensado Nestlé ou leite condensado sem açúcar Bonnet Rouge.

"Prestem atenção, crianças, não podemos ser independentes se aquilo que comemos vier das mesmas pessoas que nos alienam. Uma grande porcentagem de nossa riqueza nacional volta para o Ocidente através da aquisição das toneladas de trigo de que precisamos para satisfazer o capricho do pão. Prestem atenção, crianças, o pão é um capricho alimentar, um complexo alimentar, um mimetismo alimentar, um trauma alimentar, uma alienação alimentar, um suicídio alimentar. O pão pode ser tudo o que vocês imaginarem, menos um produto de subsistência para nós. Não estamos no Saara. Aqui, se você jogar qualquer semente na terra, sem precisar se abaixar uma única vez, em seis meses ela vira um baobá! Imagine o que poderíamos fazer com todo esse dinheiro que é desperdiçado com o trigo dos camponeses brancos?" Ossiri gostava mesmo dessa sensação de vertigem embaixo dos silos.

Depois ele passava atrás do prédio, no lugar em que ficavam os trilhos da ferrovia. Os trens entravam e saíam da estação de Austerlitz, arrastando-se em horríveis rangidos metálicos: uma trilha sonora infernal para imagens de fim do mundo. Em geral, era lá que Ossiri encontrava os pichadores carentes de muros. Nunca teve problemas com eles. Para os *street artists,* isso fazia parte do jogo: iam embora sem fazer alarde quando eram pegos. Mas Ossiri sempre explicava para eles que podiam voltar à noite para terminar suas obras, quando ele fechava o turno; ele sabia que Kassoum, seu substituto à noite, nunca fazia rondas. Provavelmente era por isso que sempre tinha pichadores e grafiteiros por lá. Em alguns muros, Ossiri assistia crescerem, às vezes por várias semanas, verdadeiros afrescos. Os artistas daqui visivelmente tinham muito mais coisas para expressar do que a lacônica frase "foda-se a polícia" que Ossiri tinha visto pelos muros de algumas cidades. Depois da "galeria de arte", ele dava a volta devagar no prédio pela fachada leste. O quarteirão ao lado era uma verdadeira plantação de guindastes, uma pista de dança para betoneiras. Um novo quarteirão emergia na margem esquerda do Sena. Edifícios comerciais e residenciais brotavam devagar do caos dos canteiros de obras. Falavam até em cobrir as vias férreas com uma extensa laje de concreto para que a fachada sul dos prédios não ficasse exposta à poluição visual e sonora dos vários trens da periferia e do interior. Com certeza não eram pessoas pobres que viriam morar ali. Em seguida, através de um atalho descoberto por acaso numa manhã de ronda como esta, Ossiri se enfiava em um labirinto de corredores cheios de vento até chegar no grande pátio interno dos Moulins. Fim da ronda. A cabine pré-fabricada já não estava longe. A cabine do segurança. A cabine do tédio. A cabine do outdoor da Western Union®.

"Envie dinheiro para a sua terra." Ossiri havia tomado sozinho a decisão de vir para a França. Nem de longe ele vivia na miséria em Abidjan. Seu trabalho como professor de ciências naturais numa escola particular de ensino médio em Abidjan lhe proporcionava mais do que o suficiente para levar uma vida relativamente confortável. Jovem, solteiro, sem filhos, passando a metade do tempo na casa da mãe, com um salário justo que caía invariavelmente no dia 25 de cada mês, Ossiri era um bom funcionário público. Ele via sua vida ser preenchida, sem qualquer obstáculo, de certezas e caminhos definidos. E foi exatamente isso que o assustara. Precoce, ele havia terminado os estudos muito cedo. Aos vinte e três anos, já fazia dois que ele estava lecionando. O ciclo letivo que se repetia ano após ano; a expectativa dos pagamentos de salário; as farras noturnas regadas a cerveja, animadas com piadas sujas e garotas fáceis, com colegas que tinham a mesma idade da sua mãe; os alunos que às vezes eram um pouco mais novos que ele... Tudo isso lhe deu medo. Mesmo que já tivessem explicado para ele que as coisas iam se resolver de forma natural com o tempo. A diferença de idade entre ele e os alunos só ficaria mais evidente com o passar dos anos. Mas ele se sentia deslocado. O chamado do alto-mar era forte demais, insondável demais dentro dele. A despeito de qualquer argumento ou raciocínio científico, Ossiri queria conhecer outras terras. Bem longe. Quando falou em ir embora, largar tudo, acharam que ele tinha ficado louco. Alguns até chegaram a falar em feitiço, em um poderoso fetiche lançado contra ele pelos eternos "invejosos do sucesso alheio". Todo mundo tentou dissuadi-lo. Todo mundo, menos sua mãe. "Vá, veja e volte para a gente!", ela havia dito. Apenas isso. A França se impôs a ele como um destino natural. Sua mãe não comentou nada. No dia da partida, ela rabiscou um número de telefone e um nome num pedaço de papel. "Ferdinand é um amigo meu. Liga para ele assim que chegar. Diz que você é meu filho mais velho. Ele vai te ajudar, se você precisar."

"Envie dinheiro para a sua terra." As noites de inverno caíam rápido. O outdoor publicitário estava mergulhado agora na luz laranja da iluminação pública. Logo terminaria a jornada que tinha começado doze horas antes, às seis horas da manhã. Em geral os instantes finais, durante os quais Ossiri esperava impacientemente que alguém chegasse para cobri-lo, eram os mais terrivelmente entediantes. Mas o tempo passava rápido quando ele se lembrava dos dias traumatizantes que se seguiram à sua chegada em Paris. Nas quatro primeiras semanas, ele tinha conhecido as alegrias do sofá: ir dormir depois de todo mundo, acordar antes de todo mundo. Estava no apartamento de Thomas, um velho amigo. Thomas vivia na França fazia quase dez anos. Quando teve seu terceiro filho, o serviço social tinha acabado de disponibilizar para ele uma unidade numa moradia de baixo custo, uma HLM, no bairro Courtilleraies, em Mée-sur-Seine, a penúltima estação do trem RER D, a mais de quarenta quilômetros do sul de Paris. O bairro era uma constelação de predinhos dispostos em formas angulares agudas, emaranhadas em um labirinto de vielas em ziguezague segundo uma lógica quase mística. Visivelmente, os urbanistas que tinham projetado o desenho de Courtilleraies só tomavam água que passarinho não bebe. Ossiri não precisou de mais que trinta minutos de caminhada para perceber que a cidade inteira não passava de um dormitório gigante. Não havia nada para fazer ali a não ser dormir e ir para o trabalho, isso quando se tinha um. Para ir de trem a Paris, Ossiri pagava o mesmo valor de uma passagem de Abidjan para Uagadugu e levava o mesmo tempo do trajeto Abidjan- -Assinie[22] de carro. Ele torrou rapidamente suas economias. Sua permissão de residência expirou no mesmo

---

22 Assinie: vilarejo balneário do sudeste da Costa do Marfim, situado entre rio, lagoa e mar. Jean-Marie Poiré filmou *Les Bronzés* [filme francês de comédia escrachada] lá.

dia em que ele gastou seus últimos francos franceses em um maço de cigarros. "Depois desse maço de Marlboro light, você vai ficar sem rede de proteção, meu amigo." Ossiri disse essa frase para si mesmo enquanto olhava a cara de Saint-Exupéry na sua última nota de 50 francos desaparecer na caixa registradora do bar-tabacaria. Dali em diante, ele estava sozinho na corda bamba estirada no precipício da "recondução à fronteira".

Banir uma pessoa, retirá-la à força do lugar onde vive e trabalha, só porque um agente público não assinou um papel banal, era uma ideia absurda. Porém, Ossiri gostava muito da expressão administrativa correspondente: "Recondução à fronteira". Isso fez com que ele imaginasse uma viagem bucólica por prados e campinas, acompanhado de uma corte alegre e barulhenta, até uma fronteira imaginária repleta de mistérios e encantos. Lá, todos os acompanhantes cantavam em coro e em cânone, "Isso é só um até logo". A pessoa acompanhada — ou melhor, "reconduzida" — continuaria seu caminho sozinha, derramando uma lágrima de emoção. No oposto desse belo quadro ideal, a nova realidade de Ossiri era que agora ele se sentia como se estivesse numa prisão domiciliar em Mée-sur-Seine. Não podia se dar ao luxo de tomar um trem sem pagar. Ter sempre a passagem em mãos era um requisito a ser respeitado escrupulosamente quando se tinha medo da "recondução à fronteira". Thomas lhe havia explicado que a Sociedade de Transportes da Île-de-France, a Stif, tinha tornado a malha férrea de Paris e região uma vasta teia de aranha otimizada para capturar os "indocumentados". Antes da "recondução à fronteira" ser aplicada, a maioria deles procurava primeiro conduzir a si próprio para algum local de trabalho, para a casa de amigos ou de familiares... sem passagem.

Quando Thomas e sua esposa estavam trabalhando, Ossiri fazia longas caminhadas a pé pela região de Mée-sur-Seine. Observando as construções modernas, ele pensava que, se tivesse sido construída desse mesmo jeito na África, essa região teria sido um gueto reservado exclusivamente aos ricos. Aqui, era um parque para pessoas que ganhavam um salário mínimo, desempregados ou beneficiários de assistência social. Era uma espécie de "não cidade", um "lugar chamado de administrativo" em um mapa, uma área delimitada na imensa floresta urbana proteiforme da qual Paris era um centro remoto. Para Ossiri, o lugar tinha um clima que parecia um campo de concentração. Ele encontrava sempre as mesmas pessoas ou, mais exatamente, os mesmos tipos de pessoas. Naquele "não bairro" daquela "não cidade", seus "colegas de cela" se distribuíam de forma mais ou menos equilibrada entre negros, árabes e brancos. Eram todos aqueles a quem o sistema explorava, mantendo-os vivos apenas o suficiente para trabalharem e consumirem sem reclamar. Todos eles giravam em torno de dois pontos nevrálgicos: a estação RER e o grande café-bar-tabacaria esportivo. Ossiri não suportava aquele lugar de miséria, nem quando tinha alguma coisa para fazer por lá. Preferia se perder nos próprios pensamentos dispersos enquanto fumava seu cigarro numa frágil ponte de pedestres esticada acima dos trilhos. Ele costumava parar no meio da ponte e, bem debaixo dos seus pés, as massivas locomotivas elétricas modelo BB, lançadas a várias dezenas de quilômetros por hora, produziam um barulho ensurdecedor e faziam o chão tremer ao arrastar intermináveis vagões de passageiros ou de mercadorias. Esses minissismos, associados às chuvas de faíscas provocadas pelo atrito dos pantógrafos deslizando nos fios de alta tensão, representavam uma espécie de espetáculo feérico no universo mental de Ossiri, cativando-o literalmente. Os trens desapareciam em uma longa curva retilínea em direção a Paris, ou atrás de um bosque de armazéns vetustos em direção a Melun. Ossiri às vezes passava horas inteiras nessa ponte, mergulhado nas diversas perguntas que voavam a todo vapor sobre seu futuro de "indocumentado" na França. Um dia, enquanto olhava o Auxerre-Paris das 16h42 passar, ele lembrou que na sua carteira ainda estava o papel que sua mãe tinha rabiscado. Decidiu ligar para Ferdinand.

    A viagem até Chaville foi uma das mais angustiantes de sua vida. Por não ter como pagar a passagem, Ossiri acabou pulando as catracas. "Tran-*sport* público!", como se diz em Abidjan. A cada chacoalhão do trem, ou melhor, cada vez que mais de uma pessoa entrava no compartimento onde ele estava sentado tremendo que nem vara verde, ele imaginava que uma patrulha de fiscais estava indo buscá-lo para entregá-lo aos policiais responsáveis pela "recondução à fronteira". Ossiri já não tinha tanta certeza de que a viagem seria bucólica e de que haveria um coral, como tinha imaginado. A aparição da placa "Chaville" foi um grande alívio. Ferdinand tinha comentado no telefonema que estaria esperando na própria plataforma da estação. Não foi difícil reconhecê-lo. Era o único homem negro na plataforma e, quando se chega de Mée-sur-Seine, esse tipo de detalhe é perceptível. Ferdinand era um homem baixinho e sorridente. Tirando o nariz muito grande, tudo nele exalava discrição. Eles entraram no velho Peugeot 205 GRD, roxo como uma taça de vinho sobre quatro rodas. Por dentro tinha um cheiro forte e desagradável de cachorro molhado. Ainda bem que em menos de cinco minutos chegaram em frente de uma casa deslumbrante, cravada na metade de uma rua bem íngreme. Odette, a esposa de Ferdinand, também era baixinha e muito sorridente. Os três comeram diante de uma enorme televisão ligada. Chicória com bacon, seguida de um guisado de vitela com molho branco e depois um camembert com um cheiro horrível, mas extremamente saboroso. Teve até sobremesa de peras com cobertura de chocolate amargo. Seu primeiro jantar completamente gaulês desde sua chegada!

Ferdinand falou sobre a mãe de Ossiri com muita saudade. Ele contou, tímido, mas com confiança, dos vinte e cinco anos que tinham passado juntos na França. Quando chegou, graças ao "titio André", tinha conseguido um trabalho como segurança nos Grands Moulins de Paris. Ele sempre trabalhou "com seriedade" e era "muito valorizado" pelos patrões. No fim de quinze anos de fidelidade e serviços leais, ele fora incentivado a abrir sua própria firma de segurança. Ele terceirizava as contratações que os antigos patrões conseguiam para ele e que, por sua vez, eles próprios terceirizavam depois de conseguirem contratações de empresas ainda maiores.

"Meu filho, sou o encarregado do contrato final. Encontro os agentes, faço os agendamentos, pago todo mundo, assumo os riscos, resumindo: sou eu quem faço todo o trabalho. Mas isso não me incomoda, desde que sobre algo para mim e para quem está comigo. Sempre sou justo com meus agentes e lhes pago em dia, mesmo sabendo que são indocumentados. Não dá para dizer o mesmo de muitos marfinenses que têm empresas de segurança como eu. Você já vai entender. Além disso, pago todo mundo em dinheiro, porque com cheques ou depósitos bancários os funcionários costumam ser enganados. Seus supostos irmãos ou amigos, de quem eles pegam emprestado os documentos e os dados bancários, nunca têm pressa de lhes repassar o fruto de seu 'labor'. Desde meus patrões até a delegacia, todo mundo sabe que emprego pessoas sem documentos e todo mundo faz vista grossa porque isso é conveniente para todos. Mas mesmo assim eu me protejo. Sempre exijo a cópia de uma permissão de residência válida, pouco importa a procedência. Digamos que, como sou muito míope, não consigo distinguir muito bem se os caras se parecem com o da foto."

E Ferdinand deu uma risada que tinha algo de infantil e inocente, em perfeito contraste com a dureza das palavras que acabava de proferir. Depois prosseguiu com um tom menos cínico: "Posso te arrumar trabalho, e espero que seja tão batalhador quanto sua mãe...". Ossiri já não escutava nada do restante da conversa de Ferdinand. "Trabalho" tinha acionado em sua cabeça o sinal da louca esperança de reconquistar a autonomia financeira e da revolução que ia guilhotinar os governantes do seu tédio mesquinho. Sem cabeça, sem orelhas. Por mais que Ferdinand evocasse à mesa as lembranças antigas mais engraçadas da sua vida parisiense, Ossiri não escutava mais nada. Ele já estava imaginando as primeiras compras que ia fazer com seu primeiro salário. Isso lhe trouxe lembranças de sua incorporação ao serviço público marfinense. Para preencher a conversa com Ferdinand, Ossiri tinha ligado o "piloto automático". De forma mais ou menos adequada, ele usava movimentos de cabeça para indicar uma aprovação, alguns "é mesmo?" para estimular uma anedota e, principalmente, acompanhava as risadas dando tapas nas coxas para continuar acordado. Pois, além de ficar obnubilado com a promessa de trabalho, Ossiri estava com sono. Para alguém que tinha comido durante a vida inteira principalmente mandioca, banana e inhame, o guisado de vitela era um verdadeiro teste de digestão. O fígado mobilizava toda a energia e os sucos gástricos disponíveis para conseguir eliminar a mistura de farinha, manteiga e creme que revestiram os grossos cubos de vitela. Ossiri cochilava, a cabeça pescando. Já fazia tempo que Odette tinha sumido na cozinha, de onde se ouvia, de vez em quando, o tilintar dos talheres lutando no detergente. Ossiri poderia estar sendo totalmente mal-educado por cochilar no meio da conversa. Mas Ferdinand estava realmente conversando com ele? Ele conversava consigo mesmo. Estava rememorando em voz alta os melhores momentos de sua vida, refazia todo o caminho percorrido desde seu vilarejo. Ossiri ouvia de forma indistinta e misturada coisas sobre a crise do petróleo da década de 1970, ouvia falar de grandes moinhos, da ou do messias, não sabia muito bem, e de todo tipo de coisas que para ele não tinham muito sentido. No final do dia, quando finalmente parou de falar, Ferdinand deu a ele três notas de 100 francos. "Para segurar a onda, por enquanto...", acrescentou. Uma fortuna!

— Onde é que você está morando?
— Em Mée-sur-Seine.
— Fica perto de Melun, né?
— Uma estação antes.
— Isso é longe, meu filho.
— ...

Então Ferdinand tirou do gancho um telefone vermelho, estampado com a logomarca & da France Télécom. Ele falou da mãe de Ossiri com um tal de Jean-Marie. No final da conversa, disse num tom bem paternal: "Meu filho, você não pode ficar na periferia, é muito longe. Mas também não posso te hospedar na minha casa. Você tem que construir seu próprio caminho. Jean-Marie tem um quarto para você na Meci. Ele vai te alugar por um bom preço. Ele conheceu sua mãe muito bem. Eles militaram juntos na época. Amanhã às seis horas você começa no trabalho. Fica em Paris, mesmo. Metrô Tolbiac, Quai Panhard-et-Levassor. Você não pode vacilar nos Grands Moulins de Paris".

"Envie dinheiro para a sua terra." Placas de chapas metálicas, com uma sequência de faixas verdes fluorescentes e cinza-cimento, desempenhavam a função pretensiosa de muralha de proteção do local. Um grande portão metálico bambo, barulhento e corrediço era usado como entrada principal. Ele permitia a passagem da equipe de apoio ou de alguns enormes caminhões que chegavam para se desfazer das carcaças de ferro e concreto da antiga fábrica. Mas naquele momento, quando o portão rangeu e deslizou, manobrado pelo lado de fora por um homem negro usando um terno preto, era um Peugeot 205 GRD, a taça de vinho sobre rodas, que estava entrando. A troca de turno. O carro velho de Ferdinand era uma espécie de *command car* de sua firma. Ele próprio levava alguns agentes especiais ao local de trabalho. Agora, estavam nele Kassoum e Joseph. Nos últimos onze meses, desde que Ossiri estava trabalhando no lugar, o balé desse revezamento se tornou tão perfeitamente coreografado quanto o dos guardas do castelo de Windsor, a humilde acomodação da rainha da Inglaterra. O carro ficava estacionado em frente à cabine do segurança. Ossiri saía para apertar a mão de Ferdinand. Ele costumava fazer um relatório oral que nunca ultrapassava as letras Q.R.U. Depois ele abria a porta de trás do carro para permitir que um Joseph impaciente desembarcasse. Ferdinand não demorava ali porque tinha outros agentes especiais para buscar. Sua firma de segurança estava afundando com as contratações terceirizadas. Em seguida, Kassoum voltava a fechar com autoridade o portão maior. O Peugeot 205 GRD deslizava sobre as "quatro faixas" do Quai Panhard-et-Levassor, cuspindo uma nuvem de fumaça preta no anúncio publicitário da Western Union®. "Rapaz, relaxa, Joseph não vai te comer, não!" Kassoum sempre fazia a mesma piada antes de tirar a coleira de couro de Joseph. Claro que Ossiri não ficava totalmente à vontade com o canídeo gigante. O meia vermelha chegava quase na altura do seu peito e, apesar da sólida musculatura, Ossiri achava que não podia confiar num cachorro que havia sido batizado de Joseph pelo dono em homenagem a Stálin, Mobutu e Kabila, três ditadores que compartilhavam o mesmo nome e certo senso de crueldade.

Ossiri sempre ia embora rapidinho assim que Ferdinand saía. Kassoum se fechava na cabine de segurança com uma televisão portátil que nunca esquecia de trazer consigo. Depois, só saía para encher a tigela de Joseph com ração, assim que o ouvia latir bem alto e por muito tempo. Pastor-de-beauce é um outro nome para os meias vermelhas. Beauce, a região da França onde eram cultivadas as toneladas de trigo que haviam alimentado esses grandes silos, agora desmantelados. À noite, as ruínas dos Grands Moulins de Paris se transformavam no reino de Joseph, o pastor-de-beauce. Essa ironia fez Ossiri sorrir. Ele passou em frente ao outdoor da Western Union®, em direção à Ponte de Tolbiac. Apesar do frio, ele arrastava o passo. Não estava com pressa de chegar na Meci. Desde que saiu de Mée-sur-Seine, estava morando no Boulevard Vincent-Auriol, bem no centro de Paris, naquela incrível espelunca. Fazia muito tempo que a Meci não era uma moradia estudantil. Nem sequer uma moradia ela era mais.

INTERVALO

114

MURETA DE MÁRMORE. É O LUGAR IDEAL PARA O INTERVALO. SITUADA EM FRENTE À ENTRADA DE UM SHOPPING, ELA SEPARA O IMENSO CALÇADÃO DA CHAMPS-ÉLYSÉES DA ENTRADA DO ESTACIONAMENTO SUBTERRÂNEO VINCI. O SEGURANÇA SE SENTA NA MURETA DE MÁRMORE PARA OBSERVAR O DESFILE da fauna de bípedes de um lado e, do outro, o dos quadriciclos. Durante o intervalo, o segurança muda de posto de segurança.

DESFILE. Em uma hora de intervalo, se enterraram no estacionamento subterrâneo Vinci, exatamente: um Maserati, dois Porsches, um enorme Mercedes AMG 63, uma Ferrari vermelha, uma Ferrari amarela e três BMW X6. Isso é suficiente para construir um hospital regional totalmente equipado em Gagnoa, pagar os salários dos funcionários e distribuir medicamentos gratuitos por um ano. E tudo isso sem levar em consideração os Peugeots, Renaults, Volkswagens, Audis, Fords e outros veículos clássicos da cidade.

FAST CAIXA ELETRÔNICO 24 HORAS. Sete segundos, incluindo digitar a senha, é o tempo necessário para um caixa eletrônico do HSBC da Champs-Élysées cuspir 20 euros. No Crédit Lyonnais da Rue Louis Bonnet, em Belleville, a mesma operação leva 43 segundos! Na Champs-Élysées, o dinheiro vem tão rápido quanto vai embora... Nos bairros pobres, até os caixas rápidos hesitam em entregar o dinheiro.

ROSA DA CAXEMIRA. Em frente à entrada de um shopping, um idoso barrigudo, em traje tradicional indiano, está de pé, parado, com um letreiro embaixo do braço: ROSA DA CAXEMIRA, COMIDAS INDIANAS E PAQUISTANESAS. Em Paris, o desejo de independência da Caxemira foi transformado em rosa, misturando a Índia e o Paquistão no mesmo prato. Mahatma Gandhi teria gostado da Champs-Élysées.

COTO INQUIETO. Um mendigo de etnia cigana está deitado no chão, expondo o pé esquerdo estropiado. Ele está muito agitado, se movendo para todos os lados e falando um sabir incompreensível na maior parte do tempo. Despeja insanidades e ofensas sobre os outros mendigos ciganos que se atrevem a ultrapassar um perímetro imaginário cujos limites só ele conhece.

PESCADOR DE CIGARROS. No meio-fio da calçada da Champs-Élysées, um homem está sentado num banquinho ao lado de um vira-lata indolente. Com o rosto calmo e paciente de um pescador de domingo, ele segura, sereno, uma longa vara de pesca. Na ponta do anzol há um cestinho, no qual se acumulam os cigarros que os transeuntes lhe dão.

Esse pescador de cigarros faz tanto sucesso a ponto de ser obrigado a esvaziar seu cestinho a cada quinze minutos. Se fumar todos, ele não chega nem no inverno. Se vender todos, pode passar o inverno nas Bermudas.

INTERVALO. No jargão dos seguranças, "fazer um intervalo" quer dizer substituir um colega numa outra loja durante o intervalo dele. Assim, ele não apenas descola uma hora extra como também faz um favor para um colega. Além disso, é uma maneira de o segurança conhecer outras lojas.

INTERVALO NA ZARA CHAMPS-ÉLYSÉES. Nesta loja, a roupa masculina fica no subsolo, a feminina no térreo e o primeiro andar é reservado para roupas infantis. A mulher está acima do homem e a criança, acima de todo mundo.

INTERVALO EM LA DÉFENSE. Na Sephora La Défense, o chefe dos seguranças é um marfinense de meia-idade com o apelido de Éric-Coco. Ele é totalmente possuído pelo espírito da Chanel.

— Enquanto eu estiver lá atrás, não tira os olhos dos Chanel. Principalmente os de 150 a 200 ml. (Éric-Coco, freneticamente)

— O quê? (O segurança)

— As pessoas gostam de roubar o Nº 5 maior. E também o Allure de 100 ml. Isso não pode acontecer de jeito nenhum.

— Mas do que é que você está falando?

— Ora, dos Chanel, meu Deus! Chanel Nº 5 e Allure da Chanel. Do perfume. É sério. Você acha que está aqui para quê? Para não deixar que roubem os rímeis de € 10 ou as porcarias dos Cacharel de € 30? Fica aqui e não se mexe. Se perder um só, nem precisa voltar para a loja. (Éric-Coco, deixando o segurança em frente à seção da Chanel)

INTERVALO EM LEVALLOIS-PERRET. Neste subúrbio parisiense que se imagina burguês, a Sephora está localizada na área central, com calçadão e asfalto, com todas as outras marcas de falso luxo e falsa cultura. A loja não é muito grande e todas as seções estão no campo de visão do segurança, sem que ele precise se dar ao trabalho de girar o pescoço. Na parte interna, o clima é muito aconchegante e as pessoas conversam cochichando, talvez por medo de incomodar os sagrados perfumes ou ainda para evitar alterar as composições químicas com as vibrações da voz. Neste tipo de ambiente os roubos são raros e a grande proeza do segurança consiste em não dormir em pé.

INTERVALO EM VINCENNES. A loja fica quase aos pés do Château de Vincennes. Na época em que era habitado pelos Luís com nome de números, as higienes corporais e os banhos eram raros. Eles teriam apreciado ter uma Sephora por perto.

CULTURA E CONGELADOS. Na Champs-Élysées, a Virgin Megastore fica em cima do Monoprix. O teto dos congelados é o piso da seção de livros. O bacalhau do

Alasca Queens Ocean, congelado e pré-cortado, fica bem embaixo de Anna Gavalda: o encontro dos insossos.

POLÍCIA PARA TODO LADO. A Avenue Champs-Élysées é abarrotada de policiais à paisana. Todos eles usam jaquetas, não importa a estação, e ostentam fones brancos conectados a iPhones, nos quais desfilam em tempo real, ô progresso, as fotos de suspeitos procurados. É possível reconhecê-los a quilômetros de distância, mas eles se acham absolutamente discretos. Como dizem em Assinie: "Todo mundo consegue ver as costas do nadador, menos ele próprio".

CATORZE DE JULHO. Militares armados descem a avenida marchando. Na parte de baixo, fica a Place de la Concorde, onde todos os políticos irresponsáveis da República se encontram, sentados tranquilamente nas arquibancadas já montadas. Nem passa pela cabeça de um único cretino armado desses fazer uma limpa no lugar. Porém, já houve um precedente: Anwar Al Sadat. Isso remonta a 1981, no Egito. Com os fuzis de desfile carregados com balas de verdade, alguns soldados livraram os egípcios de seus governantes no decorrer de um desfile semelhante. Sadat e alguns de seus ministros perderam a vida ali. Foram rapidamente substituídos por Mubarak e sua corja. Hoje, com as manifestações na praça Tahrir e os rastros de mortes de civis que as acompanham sistematicamente, parece que os egípcios optaram por métodos mais masoquistas para a alternância de poder.[23]

CATORZE DE JULHO 2. O obelisco da Place de la Concorde é o pau duro, o Arco do Triunfo é o cu e a Champs-Élysées é a região erógena que liga os dois. Com todos esses mi-

---

23   Alusão à manifestação na praça Tahrir, no Cairo, que marca o início da Primavera Árabe, em 2011. (N. T.)

litares se remexendo em cada um desses pontos, pode-se afirmar que, hoje, a República está batendo uma punheta.

CATORZE DE JULHO 3. O mais surpreendente no desfile não é a presença de todas essas máquinas mortíferas. O mais surpreendente é esse público aplaudindo.

SUPERSEGURANÇA. Tédio, sentimento de inutilidade e desperdício, criatividade impossível, agressividade exagerada, falta de imaginação, infantilização etc. são os corolários da profissão de segurança. Ora, militar é uma forma bem exagerada de segurança.

FORMAÇÃO DO SEGURANÇA. Para exercer, todo segurança precisa de uma autorização da prefeitura. E agora existe uma formação imprescindível para ser segurança. Um diploma para adquirir o direito de ficar em pé por doze horas, pagas segundo a tabela do salário mínimo, em uma filial do supermercado Franprix ou numa loja de conveniência E.Leclerc Drive decadente de algum subúrbio, com a missão de impedir as crianças de afanarem latas de Coca-Cola… Na verdade, a tal formação consiste em conhecer o artigo 53-73 do código penal. Assim como em qualquer prosa jurídica, as frases são complexas e grandiloquentes para dizer apenas, no final, coisas muito simples. O 53-73 aborda flagrantes delitos e diz basicamente que, quando alguém é flagrado roubando, podem considerá-lo ladrão e correr atrás dele. Sim, cidadãos, segundo a lei, somos todos seguranças.

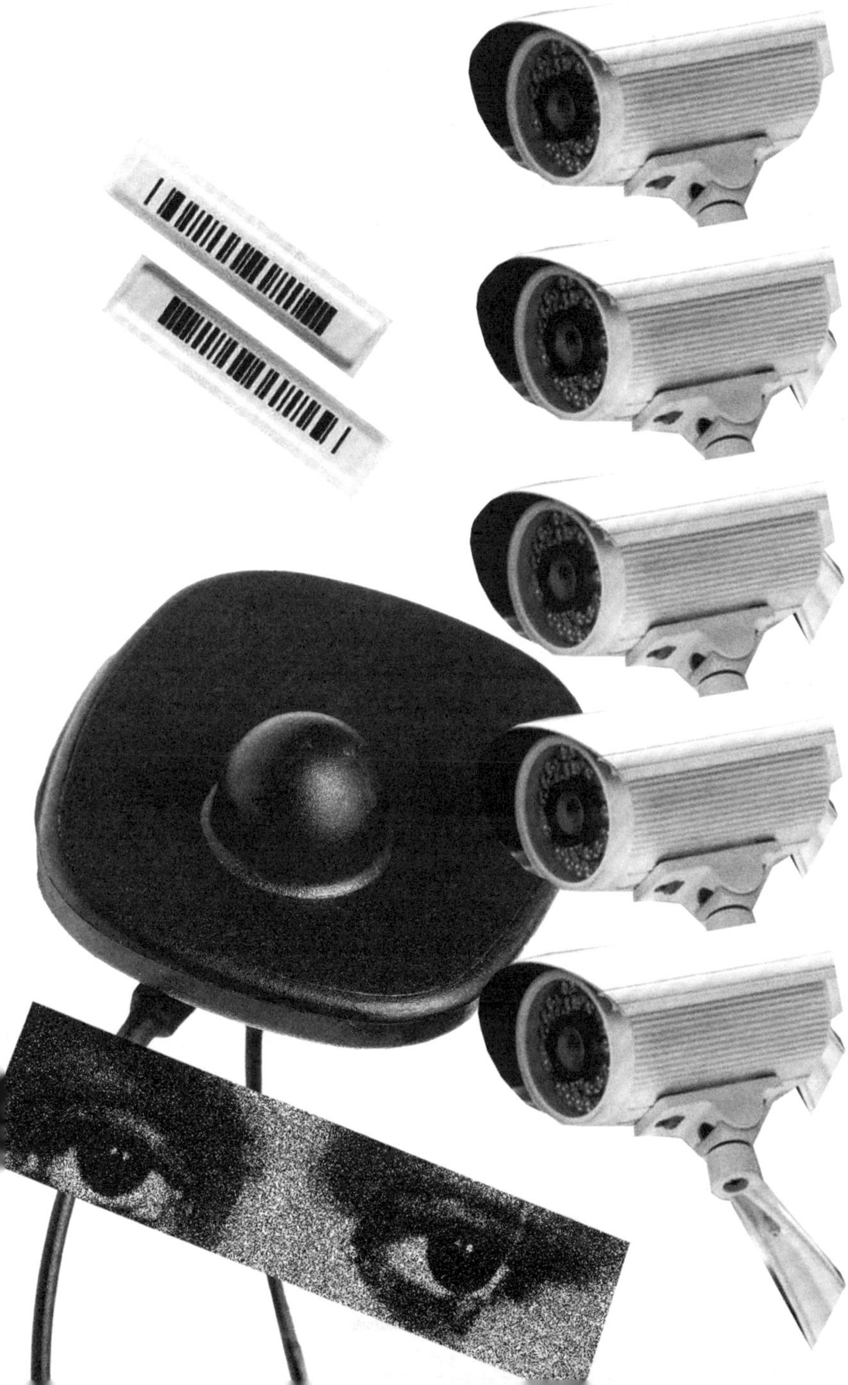

DE VOLTA À SEPHORA CHAMPS-ÉLYSÉES

122

REBELDE. MULHER TOTALMENTE COBERTA COM VÉU CARREGA UMA CESTINHA NA QUAL COLOCOU UM FRASCO DE PERFUME LADY REBEL DA MANGO.

REVOLUCIONÁRIOS. Felizes tanto pela "revolução" que haviam desencadeado no país quanto pela queda do ditador Ben Ali, batalhões de jovens tunisianos tomaram de assalto o Mediterrâneo para chegar na França. Com baixa escolaridade, falando parcamente a língua de Jamel Debbouze,[24] abandonados à própria sorte, eles vivem em Paris da mesma forma que viviam em seu gueto em Susa ou em Túnis: entre ociosidade e pequenos furtos. Para eles, o suprassumo da elegância e da moda é se vestirem como os jovens das periferias francesas. Mas eles não têm nem a atitude, nem a linguagem equivalente, e assim são facilmente reconhecíveis.

Os seguranças os apelidaram de "os revolucionários". O que muitas vezes resultava em frases cômicas nos fones.

"Atenção, três revolucionários indo para a maquiagem!"

"Revolucionário se manifestando na seção das grifes."

"Barricada em frente ao revolucionário de boné vermelho. Ele enfiou um perfume na cueca."

ONLY THE BRAVE. Um "revolucionário" foi surpreendido em flagrante delito roubando. Enquanto não sair da loja, não pode ser revistado nem considerado ladrão. Mas se ele se livrar ostensivamente dos perfumes cujos pacotes abriu, vai ter que pagar. Começa então uma perseguição surreal, em que segurança e ladrão caminham tranquilamente um ao lado do outro pela loja. Depois de quase dez minutos desse inverossímil jogo, o "revolucionário" cede e declara, em alto e bom som, a própria ordem de prisão. Ele tinha nas calças dois frascos de perfume em forma de punho: Diesel, Only the Brave.

---

24 Ator franco-marroquino, nascido em 1975, em Paris. Atuou, entre outros filmes, em *O fabuloso destino de Amélie Poulain* (2001). (N. T.)

DIÁLOGO.
— Com esse seu terno preto, você está parecendo o Samuel L. Jackson em *Jackie Brown*. (Um homem se dirigindo ao segurança com um grande sorriso, orgulhoso de si)
— Acho que você quis dizer *Pulp Fiction*. (O segurança)
— Hein?
— *Pulp Fiction*.
— Não, *Jackie Brown*, o filme que tem uma gatinha negra.
— Samuel L. Jackson não usava terno preto nesse filme, senhor. Ele usava uma jaqueta verde flúor bem cafona e estava sempre de boina Kangol para trás. Já no *Pulp Fiction*...
— Ah, é? Então você manja de cinema?
O homem, duvidando, continuou andando por um corredor.

ONÇA. Bolsas, calças, lenços, véus, sapatos, echarpes, vestidos etc., a estampa de onça parece estar na moda para uma grande quantidade de mulheres. Milhares de anos de evolução para se alcançar uma camuflagem perfeita para a floresta, e agora, banalizada, para chamar o máximo de atenção na cidade...

> *Onça, nobre felino, inigualável caçadora*
> *assim te vestias, ó invisível predadora*
> *para que na floresta profunda fosses discreta*
> *Saibas que nos dias de hoje, as humanas decretam*
> *e atestam serem melhores que tu. E em seus vestidos,*
> *soltas na floresta urbana, agora caçam maridos.*

TEORIA DA ALTITUDE RELATIVA DO CÓCCIX. Há uma teoria que estabelece um vínculo entre a altitude relativa do cóccix em relação ao assento de uma cadeira e a qualidade da remuneração.

Ela pode ser enunciada da seguinte forma: "Em um trabalho, quanto mais distante o cóccix estiver do assento de uma cadeira, menor será o salário". Dito de outro modo: o salário é inversamente proporcional ao tempo de permanência de pé. Os holerites dos seguranças atestam esta teoria.

LILIANE E BERNARD. Liliane Bettencourt é acionista majoritária da L'Oréal, proprietária de mais de 80% das marcas de perfumes e cosméticos vendidos na Sephora.

Bernard Arnault é acionista majoritário do grupo LVMH, proprietário da marca Sephora.

Como um velho casal de artesãos, Liliane prepara na despensa as misturas que Bernard vende na loja.

PENSAMENTO RECONFORTANTE. Mesmo em proporções infinitesimais, o trabalho do segurança contribui para a riqueza de Bernard e Liliane.

PENSAMENTO DEPRIMENTE. Sem o trabalho do segurança, a riqueza de Bernard e Liliane não é afetada, nem sequer em proporções infinitesimais.

PFF! Bufar ostensivamente, enchendo as bochechas de ar e fazendo cara feia, só por estar irritado? Ou para mostrar para todo mundo que está irritado? Ou ambos? De qualquer jeito, é algo corriqueiro que alguns homens fazem na entrada, antes de acompanhar a esposa na loja.

SENTIDOS. Nos corredores de perfumes, a iluminação é suave. Privilegiar o olfato.

Nos corredores de maquiagens, a luz é forte. Privilegiar a visão.

Em todo o lugar, a música é uma porcaria. Privilegiar a surdez.

ORDEM REGRESSIVA. Na gradação "Visão, Audição, Olfato, Tato, Paladar", os cinco sentidos estão em ordem regressiva.

ORDEM AGRESSIVA. Às vezes, as crianças árabes do Golfo, que ficam correndo sem parar pelas seções, lembram aquele pestinha insuportável do Abdallah, o filho do emir Ben Kalish, em *Tintim no país do ouro negro*.

O SEGURANÇA E A PRINCESA. Assim que aquela elegante mulher árabe de uns cinquenta anos, totalmente vestida à moda ocidental, entrou na loja, logo começou a correr um boato entre os vendedores e as vendedoras. Todos a reconheceram. O segurança, por sua vez, acabou de reparar que a mulher está acompanhada dos dois guarda-costas mais robustos já vistos ao norte do paralelo 33º. Então, quando essa mulher se aproximou dele devagar, olhando para ele e falando árabe, o segurança interrompeu sua vida interior para avaliar a ameaça potencial dos dois hominídeos gigantes atrás dela. Estes, com um único golpe, podem eliminar de cara qualquer tipo de vida, seja ela interior ou não.

— انه شاب وسيم. (A mulher)
— Sua Alteza disse que o senhor é um belo rapaz. (Um dos Mega sapiens)
— ... (O segurança)
— يبدو كمن كنت أعرف منذ فترة ط طويلة. (A mulher)
— Sua Alteza disse que o senhor se parece com alguém que ela conheceu há muito tempo. (O Mega sapiens)
— ... (O segurança)
— خصوصا مع القليل له سكسوكة. (A mulher)

— Principalmente com esse cavanhaque. (O Mega sapiens, sorrindo)

— ... (O segurança, enquanto passa a mão no cavanhaque)

— هناك الآباء الذين عاشوا في المملكة العربية السعودية ؟ (A mulher)

— Sua Alteza pergunta se o senhor tem familiares que viveram na Arábia Saudita. (O Mega sapiens)

— Fale para Sua Alteza que as únicas dunas de areia que meus pais viram na vida são as da praia de Vridi, em Abidjan, na Costa do Marfim. (O segurança)

— ساحل العاج نعرف أن والديه على الرمال من الشاطئ. انها تأتي من (O Mega sapiens para a mulher)

A mulher retrai os lábios em um magnífico sorriso que descortina seus belos dentes.

— كنت مضحكا مثل الشخص كنت أعرف. (A mulher)

— Sua Alteza disse que o senhor é tão engraçado quanto a pessoa que ela conheceu. (O Mega sapiens)

— أشكركم على أخذ الوقت للتحدث معي. (A mulher)

— Sua Alteza está agradecendo o senhor por ter dedicado seu tempo para conversar com ela. (O Mega sapiens)

E a mulher entra na loja, sem dirigir mais nenhum olhar para o segurança. Dois armários a acompanham.

O PRIMEIRO-MINISTRO, O FILHO DO PRESIDENTE E O DINHEIRO DA CASA DE SAUD.

Nos fones dos seguranças:

— Aquele em frente ao estande da Givenchy é Ousmane Tanor Dieng, antigo primeiro-ministro do Senegal. (Cheick, o segurança senegalês)

— Você acha que ele vai roubar um perfume? (Sam, o segurança congolês)

— Hahaha! A gente cai matando em cima dele. (Djab, o segurança marfinense)

— E a presunção de inocência? (Kaket, o segurança camaronês)

— Ele não vai roubar nada. Já roubou o suficiente para comprar toda a loja se quisesse. (Cheick, o segurança senegalês)

— Então é um craque. Não podemos tirar os olhos dele. (Djab, o segurança marfinense)

— O boato que corre é que, uns anos atrás, o filho do presidente foi visitar a Arábia Saudita na Casa de Saud e recebeu uma quantidade enorme de dinheiro vivo para sei lá o quê. Em vez de voltar direto para casa, ele passou pela França. No aeroporto os fiscais, um tanto desconfiados, abriram a maleta cheia de dinheiro e colocaram o filho do presidente sob custódia. Seu pai logo interveio e, para evitar uma crise diplomática, ele foi liberado, mas a maleta foi confiscada. O filho dele não cumpria nenhum cargo oficial, então o presidente encarregou o primeiro-ministro de recuperar o dinheiro na França, aproveitando que ia fazer uma visita diplomática. Quando regressou ao país, o primeiro-ministro teria dito ao presidente que a maleta se perdeu. Pura e simplesmente. Como o dinheiro não era oficial, era impossível exigir esclarecimentos ou explicações para evitar que o caso se tornasse público. Parece que era coisa de muitas centenas de milhões de francos CFA.[25] (Cheick, o segurança senegalês)

---

25 Entre 1945 e 1958, doze países africanos, anteriormente colônias francesas, utilizavam o franco CFA como moeda corrente. Neste período, a sigla era uma abreviação de Colonies Françaises d'Afrique (Colônias francesas da África). Com os processos de independência da região a partir da década de 1960, a moeda continuou sendo usada, mas com outro significado para a sigla: Communauté Financière Africaine (Comunidade Financeira Africana). (N. T.)

— E a presunção de inocência? (Kaket, o segurança camaronês)

— Cala a boca, Kaket! (Sam, o segurança congolês)

— Cheick, libera a frequência. Você vai acabar deixando a gente deprimido. (Djab, o segurança marfinense)

— Ok, ok, ok. J4 de boné na maquiagem! (Cheick, o segurança senegalês)

SEGURANÇAS NO CINEMA. Nos milhares de filmes de ação e de séries B feitos desde *A chegada de um trem na estação*, nunca um segurança chegou a ser um herói. Pelo contrário, eles morrem logo e de maneira anódina nos planos de ataque que os heróis elaboram para dar fim ao grande conflito contra o vilão na cena final.

Em *Scarface*, de Brian De Palma, na cena final, o ataque na casa de Tony Montana é um ótimo exemplo do massacre de seguranças no cinema.

MITSUBISHI. Na entrada da loja, em cima do pórtico de alarme, portanto em frente ao segurança, há quatro grandes telas planas presas na parede num padrão de mosaico. Nelas, são transmitidos em loop e em quatro cópias sincronizadas anúncios publicitários dos perfumes Giorgio Armani e Dior.

– PROPAGANDAS ARMANI. Filmadas em câmeras HD, enquadramentos impressionistas com flashes, planos fechados, *chiaroscuro*, cenários artificiais, câmera lenta em alta definição, abdomes esculturais, bocas sensuais, olhares sombrios, mãos acariciando, beijo final, tudo isso em um filme de 23 segundos com exatamente 18 planos.

– PROPAGANDAS DIOR. Filmadas em película, imagem granulada, enquadramentos clássicos alternando planos abertos e fechados, bocas sensuais, olhares sombrios, mãos acariciando, tudo isso em exatamente 20 planos para um filme de 23 segundos.

As telas que transmitem as propagandas têm o trevo da marca Mitsubishi, que antigamente fabricava motores de porta-aviões e aviões de guerra, o famoso e temido Zero japonês da Segunda Guerra Mundial. Portanto, houve uma época em que a Mitsubishi fabricava máquinas cujo objetivo maior era evitar que os japoneses fossem bombardeados com propagandas da Dior ou da Armani.

TEORIA DA PSG. Em Paris, em todas as lojas ou quase, todos os seguranças ou quase são homens negros. Isso evidencia uma relação quase matemática entre três parâmetros: Pigmentação da pele, Situação social e Geografia (PSG).

Disto resulta a Teoria Específica da PSG, que pode ser enunciada da seguinte forma: "Em Paris, a alta concentração de melanina na pele está especificamente relacionada à profissão de segurança".

Mas pelo mundo afora, situações administrativas, ideias preconcebidas, níveis de escolaridade, racismo assumido ou recalcado, restrições econômicas etc. sempre acabam impondo, aos homens detentores de situações pigmentárias específicas, situações sociais especificamente pouco favoráveis. Esta é a Teoria Geral da PSG.

No Ocidente, por exemplo, quanto maior a concentração de melanina na pele, maior é a probabilidade de ocupar uma posição social próxima do nada. Com exceção dos manuches. Eles são homens brancos, mas seus antepassados devem ter cagado a rodo em santuários marianos e basílicas pontifícias. Isso fez com que uma série de maldições caísse sobre todos os seus descendentes. Dezenas de gerações depois, os ciganos são os únicos brancos ainda mais desvalorizados que os negros. A curva evolutiva do destino social deles, traçada no eixo das abscissas, está sempre muito perto do zero absoluto.

DILUIÇÃO PIGMENTAR. Quanto mais distante de Paris, mais a pele dos seguranças fica clara, quase uma manteiga. No interior, longe, na França profunda, parece até que há lugares onde existem seguranças brancos.

PREGÃO. Os vendedores e as vendedoras da Sephora recebem um bônus pela venda de produtos que eles representam. Todos eles desenvolveram técnicas para atrair os clientes e incentivarem-nos a comprar determinado perfume em vez de outro. A maioria se contenta em borrifar perfume nos recém-chegados, ou então distribui tiras perfumadas enquanto fica tagarelando uma ou duas palavras, ou no máximo uma frase, para os clientes.

Porém, um dos vendedores se destaca pela técnica utilizada. Tal como acontecia com os jornais, ele vende seus perfumes gritando, dando informações sobre o conteúdo. O segurança o apelidou de "O Pregoeiro".

TÉCNICA DO PREGOEIRO. Para vocês, um pregão na íntegra, realizado para o Narciso Rodriguez, o novo perfume da semana do Pregoeiro:

É proibido proibir...
Narciso Rodriguez
Perfume de excelência, perfume inebriante, perfume irradiante
Deixe-se seduzir pela sensualidade do almíscar e pelo frescor da bergamota
Uma nota floral âmbar com o bálsamo de benjoim.
É proibido proibir...
Narciso Rodriguez
Perfume de excelência, perfume inebriante, perfume irradiante
... ad lib

Na semana anterior, ele estava representando o Bleu, da Chanel, exatamente com o mesmo texto, a não ser pelo bordão introdutório e o nome do perfume:

Debaixo dos paralelepípedos tem praia...
Bleu, da Chanel
Perfume de excelência, perfume inebriante, perfume irradiante
Deixe-se seduzir pela sensualidade do almíscar e pelo frescor da bergamota
Uma nota floral âmbar com o bálsamo de benjoim.
Debaixo dos paralelepípedos tem praia...
Bleu, da Chanel
Perfume de excelência, perfume inebriante, perfume irradiante
... ad lib

— As pessoas que sempre vêm aqui nunca te desmascararam? (O segurança)

— Claro que não. As pessoas não entendem nada e também não querem entender. Eles só querem comprar. Elas gostam é da música das palavras. Por isso que tenho tanto orgulho do "benjoim". Soa bem, né? (O Pregoeiro)

O Pregoeiro está confiante. Na semana que vem ele estará no estande da Givenchy. O texto vai começar assim: "Sejamos realistas, exijamos o impossível...". Seu breviário de bordões de Maio de 68 pode durar vários meses. Mas o segurança continua cético e não acha que o Pregoeiro vai ter coragem de dizer na Dior: "Enforquemos a carniça stalinista". Ou, na Yves Saint Laurent: "A arte está morta, não consumam seu cadáver". Ou ainda na Kenzo: "A barricada fecha a rua, mas abre o caminho".

O ATRIBUTO. Assegurar, atributo daqueles que ficam de pé.

A TRIBO. Segurança, a tribo daqueles que ficam de pé.

A PUTA, A TRAVESTI E A COBERTA DE VÉU. Por volta de uma da manhã, as prostitutas mais ou menos de luxo e as travestis que fazem ponto na Champs-Élysées e nos arredores vêm refinar seus cheiros e retocar suas maquiagens escandalosas. Elas dividem os corredores com as mulheres de véu, que são muitas neste horário, sempre nos perguntamos por quê. É bastante comum vê-las conversando com muita cumplicidade. O baixo movimento do horário e a aura da noite evaporam as barreiras sociais, morais e religiosas. As putas e as travestis logo vão encontrar seus clientes, que com certeza são os maridos das mulheres de véu com quem trocaram dicas de beleza.

LADRAS DE DEPILAÇÃO. Na loja, as maquiadoras oferecem o serviço de depilação facial. Só depois da conclusão do serviço é que as clientes devem ir até o caixa fazer o pagamento. Algumas megeras de aparência respeitável se dedicam regularmente a essas depilações, rodando pela loja por muito tempo para acabar "sendo esquecidas" e assim "se esquecendo" de passar no caixa. São as ladras de depilação. O esquecimento é o argumento sistemático delas quando são paradas na porta. Na megera do 16º Arrondissement, a depilação de sobrancelhas gera problemas temporários de memória.

LADRÃO. Com o cabelo castanho penteado impecavelmente para o lado, a camisa cinza-azulada e bem passada, a calça preta sem vinco caindo até os sapatos pretos e brilhantes, ele está parecendo um primeiro-ministro britânico em traje casual. Porém, algo destoa nesse retrato de perfeito bom-moço. Não se costuma carregar uma mochila e outra bolsa na transversal quando se está vestido como se fosse apresentar um PowerPoint em um escritório de consultoria em planejamento urbano.

E outra, esse ar indiferente no estande da Dior é um tanto exagerado. Palavra de cineasta. Aquele homem está "carregado". Palavra de segurança. Mas ninguém está vendo ele fazer qualquer coisa de suspeito. O fone confirma isso: "Q.R.U. para o J5 engravatado no estande da Dior". Dior é o primeiro estande que se vê ao entrar ou o último ao sair. Vai entrar ainda mais na loja ou sair logo? Para que lado ele vai? Por causa das olhadas penetrantes, agora é o segurança que está agindo de forma suspeita. Palavra de ladrão. O homem continua onde está. Começa a conversar com uma das atendentes do estande. Àquela distância e com aquela música insuportável de subcelebridades, o segurança não consegue escutar nada do que estão falando. A vendedora sorri. O homem parece ser uma boa companhia.

O movimento é grande nesse começo de noite de verão e não é possível dedicar atenção exclusiva para um único homem. Um grupo entra. Eles falam num idioma com sotaque eslavo. Poloneses? Russos? Tchecos? Todos eles estão com os pés cobertos por uma fina, mas bem visível camada de poeira branca. Eles provavelmente vêm do Louvre e recolheram a poeira das alamedas do Jardim das Tulherias. É caminho para a Champs-Élysées para quem vem do Museu do Louvre, e muitos turistas fazem esse trajeto a pé até o Arco do Triunfo. O Méqui que fica do lado da Sephora é uma das paradas obrigatórias depois de uma jornada tão esportiva. Os atendentes os apelidaram de "Os pés brancos".

Uma mulher "pé branco" se aproxima do segurança. Ela está com uma criança de cara emburrada que segura uma vara de plástico com um balão em forma de Mickey Mouse sorridente na ponta. Ela quer saber onde fica o metrô. O segurança aponta a direção. George V exibe seu buraco escancarado cinquenta metros à frente: é a estação mais próxima. Com uma olhada rápida por cima do ombro da mulher, o segurança avista o homem de cabelo castanho. Ele sai se esgueirando pela parede do outro lado. Os dois olhares se cruzam. Os dois cérebros entendem. Um gatilho invisível e inaudível dispara no ar. O homem dá uma arrancada fulminante no sentido descendente da avenida. O tempo de reação do segurança é demorado. As longas horas em pé causam enrijecimento nas articulações. Ele arranca, todo destrambelhado. Aquele que agora passa a ser o ladrão já está com uns dez metros de vantagem. Ele dá uma olhada para trás e confirma que o segurança iniciou a perseguição. Sem alarde. Isso não vai ser uma disputa aberta ao clamor público. Será uma corrida-perseguição. Corrida para o ladrão. Perseguição para o segurança.

Há uma multidão na avenida. O ladrão se esgueira, o segurança o espreita. Depois de trinta metros, a biomecânica do segurança desperta, diminuindo a diferença. O ladrão percebe com uma segunda olhada rápida para trás. Num gesto de boa coordenação física, ele tira a bolsa na transversal do ombro e a joga para trás sem diminuir a velocidade. Livramento, sacrifício, ou talvez os dois. Mas o segurança continua avançando. Ele previu a manobra e agarrou a bolsa antes mesmo de ela tocar os ladrilhos de granito polido da calçada elisiana. O ladrão continua a se esgueirar. O segurança continua a espreitá-lo. Com ainda mais vigor. Naquela maré humana, isso provoca o mesmo efeito que uma ceifadeira num milharal em dia de colheita. Com a velocidade e o contravento, a gravata do ladrão voa para trás, paralela ao chão. O mesmo acontece com a gravata do segurança. "Quando dois homens engravatados correm na mesma direção, suas gravatas indicam a direção oposta traçando segmentos paralelos à superfície da corrida": preciso lembrar de anotar esse novo teorema que surgiu no mesmo instante que o impulso para alongar a passada, pensa o segurança. Mais alguns metros e o ladrão estará ao seu alcance. Um pouco antes da Rue La-Boétie, seria perfeito. De repente, o semáforo tricolor ficou vermelho e desencadeou no segurança uma reação nem um pouco surpreendente do ponto de vista do código de trânsito: ele parou. Mas foi mera coincidência. Foi dentro do segurança que o semáforo ficou vermelho. E aí fica ainda mais peremptório do que os que adornam o cruzamento. Qual era o sentido de perseguir aquele homem? E se ele estivesse armado? E se fosse louco? E se for o segurança que ficou louco? Que tipo de dever está sendo cumprido ao perseguir um ladrão de perfume daquele jeito? Qual era o sentido de correr atrás de alguém que roubou na butique de Bernard, a pessoa mais rica da França, uma bugiganga ridícula feita por Liliane, a sétima pessoa mais rica da França? Uma mistura de dedicação, falta de perspectiva e falta de lucidez. Provavelmente é assim que se adquire a síndrome do "guarda *floko*". O guarda colonial com seu cassetete branco, com seu riso idiota e sua chéchia... vermelha. Vermelho: é preciso parar. O ladrão desapareceu na multidão. O segurança faz o caminho de volta. Na bolsa abandonada tem três frascos de perfume: Elixir Pour Homme, da Azzaro, Diesel Fuel for Life e Allure, da Dior.

QUANDO A MÚSICA PARA 2. Duas horas da manhã. A loja fecha.

Um exército de novos funcionários empurra carrinhos cheios de produtos e reabastece os corredores e os mostruários esvaziados durante o dia. A equipe de limpeza, os EL, deslizam pelo chão da loja com aparelhos engraçados: limpadores de piso e lava-tapetes. Todos os EL são negros (cf. Teoria Específica do PSG). Eles recolhem, arrumam, lustram, limpam, tiram o pó, lavam e enxugam onde quer que haja mais de dois centímetros quadrados de superfície lisa.

David Guetta e Black Eyed Peas finalmente liberam as caixas de som escondidas no forro. Hoje, Amy Winehouse morreu.

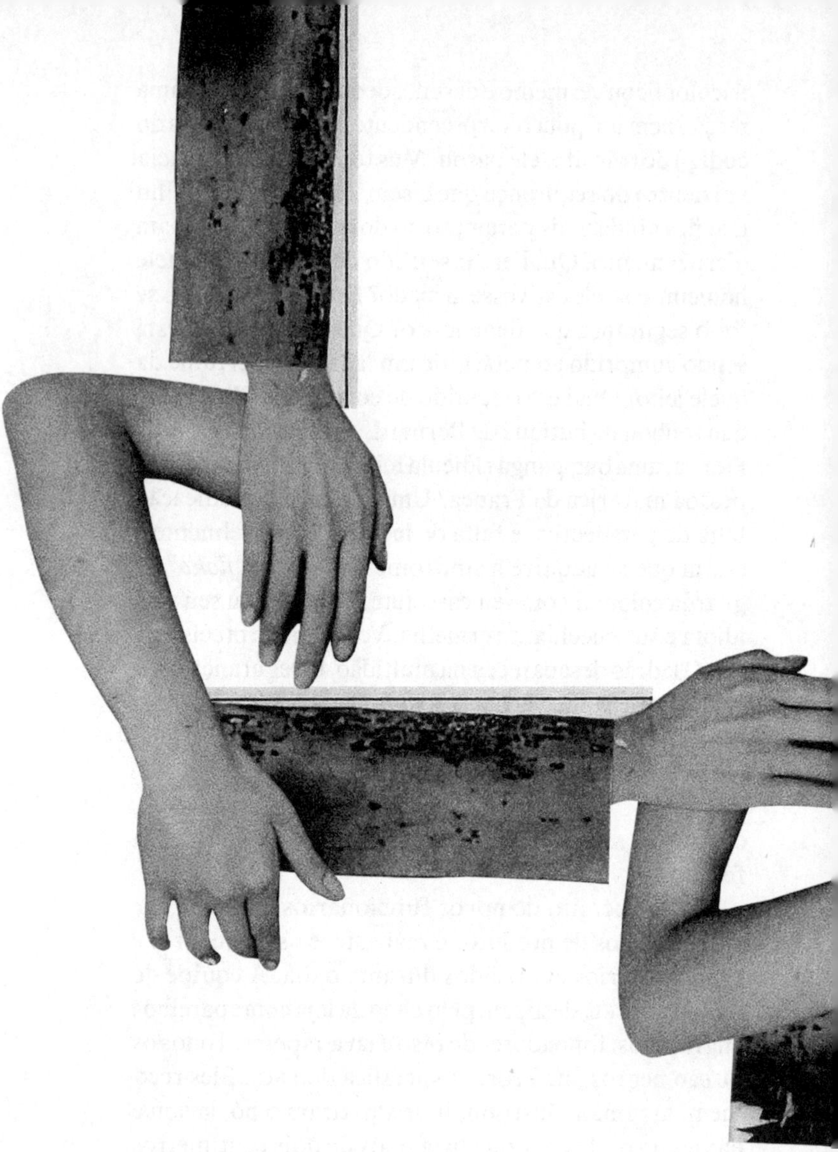

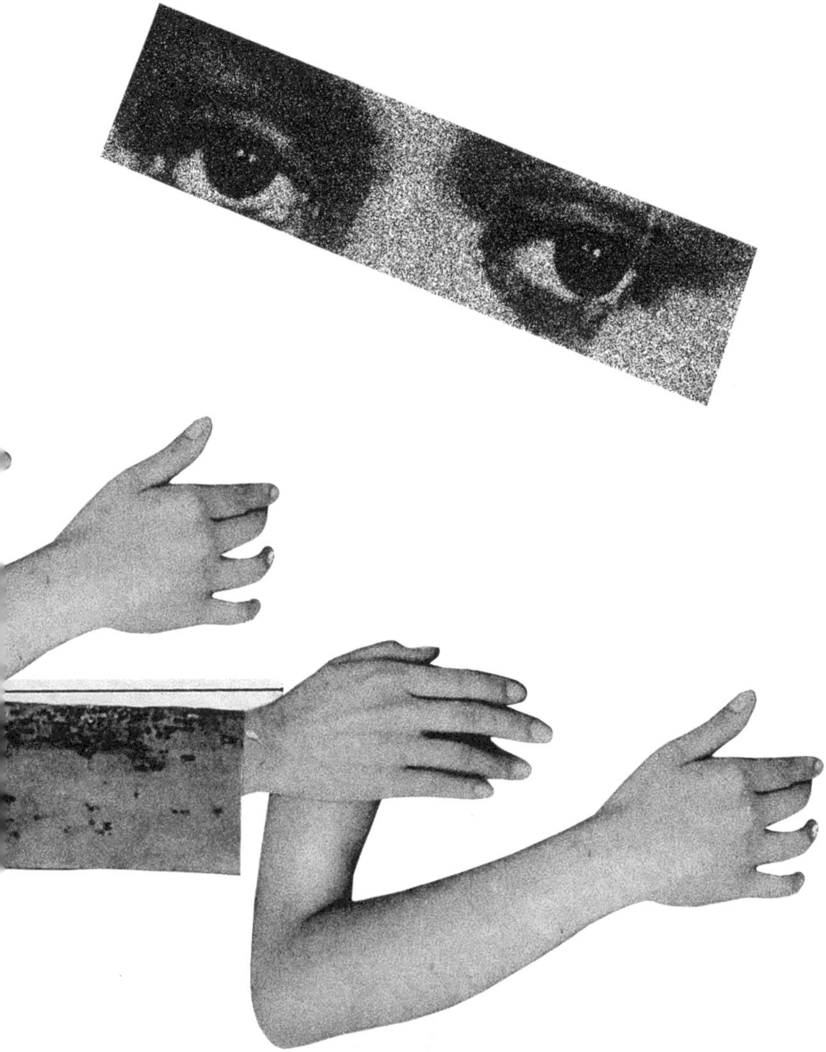

A IDADE DO CHUMBO

140

NO INÍCIO, COMO TODO MUNDO, KASSOUM NÃO CONSEGUIA ACREDITAR NAS IMAGENS QUE ESTAVA VENDO. PRIMEIRO PENSOU QUE A TEVEZINHA PORTÁTIL HAIER ESTAVA DE BRINCADEIRA. TODO MUNDO TINHA FALADO PARA ELE TOMAR CUIDADO COM AS MARCAS CHINESAS.

Mas o velho asiático tinha uma caixa inteira dessas e vendia cada uma por 100 francos no mercado de pulgas de Montreuil.

Uma televisão a cores, pequena e fácil de carregar, e que funciona tanto à pilha quanto na tomada; impossível encontrar melhor custo-benefício. Kassoum não hesitou nem por um segundo. Nunca se arrependeu e até se afeiçoou pela sua tevezinha, a ponto de apelidá-la de Aya.[26] Bastava posicionar sua antena prateada na direção certa que as imagens apareciam tão nítidas quanto nos grandes televisores sofisticados fabricados na Europa. Só porque Aya tinha os olhos puxados não significava que era cega. É verdade, ele nunca tinha conseguido sintonizar de fato os canais France 2, France 3, France 5 ou Arte. Mas isso não tinha nenhuma importância, pois, mesmo quando conseguia sintonizar algumas imagens fugidias e chuviscadas desses canais, eles não diziam absolutamente nada de bom. Eram canais de conversa fiada. Principalmente aquele Arte. Tinha sempre aquelas cabeçonas brancas preenchendo a tela e enchendo o saco com discursos tão compridos quanto uma tênia. No Colosse, em Treichville, tínhamos aprendido a desconfiar dos conversinhas fiadas. Eles sempre foram os canalhas mais espertos da cidade. Se você se sentasse na frente deles, eles eram capazes de te vender qualquer coisa e, antes de se dar conta, você já tinha perdido até a cueca que estava usando. Aya sintonizava perfeitamente bem os dois canais que importavam para Kassoum: TF1 e M6.

Mas então, o que tinha acontecido com Aya naquela manhã? Tanto no TF1 quanto no M6, a imagem era exatamente a mesma. Era como se os botões 1 e 6 do controle remoto universal com o qual comandava

---

[26] Haier, marca chinesa de eletrodomésticos, e Aya, nome feminino baúle bastante comum, que são foneticamente bem parecidos.

Aya tivessem se fundido em um só. Claro, esses canais gêmeos, no intuito de aliciar o maior número de "cérebros disponíveis" para fiar seus rosários de publicidade, tinham a tendência de copiar um ao outro. Mas àquela altura de memória de teléfilo, aquilo nunca tinha sido feito antes. Além disso, naquele horário da tarde, devia estar passando um jogo no TF1 e uma série estadunidense no M6, ou talvez o contrário, Kassoum não se lembrava muito bem. Provavelmente pelo choque. Em vez disso, ambas as transmissões exibiam um plano fixo de dois gêmeos gigantes que dominavam a cidade de Nova York. Num magnífico céu azul de outono, um dos megagêmeos soltava uma nuvem de fumaça escura que saía de uma das laterais. E, enquanto apertava sem parar o botão 1 e o botão 6 para entender o que estava acontecendo, Kassoum se perguntava se realmente tinha visto um avião tentando atravessar o outro gêmeo gigante numa impressionante bola de fogo. Não, Aya estava de brincadeira. Assim, daquele jeito, ao vivo... Não, Aya estava de brincadeira, bem no tubo catódico. Aquilo não podia ser a Terceira Guerra Mundial. Impossível. Kassoum sabia que os brancos sempre faziam as coisas bem-feitas. Não daquele jeito. Não sem debates em assembleias, sem discursos na ONU, sem coletivas de imprensa, sem declarações solenes e toda a parafernália para parecerem pessoas civilizadas antes de se estripar como selvagens... Após alguns minutos dessa alucinação, um jornalista, provavelmente um péssimo estagiário, falou de vários aviões sobrevoando os céus das Américas, em busca de procedimentos de aterrissagem tão iconoclastas quanto os que Kassoum acabava de ver no rosto ciclópico de Aya. Nos estúdios do TF1, chamaram Jean-Pierre Pernaut, cujo jornal da uma da tarde tinha terminado horas antes. Ah, até que enfim um jornalista de verdade no ar. Até que enfim iam dar notícias de verdade. Kassoum nunca tinha agradecido tanto o TF1 por esse gesto. Agora, a incredulidade e a confusão podiam deixar sua cabeça em paz. Pernaut estava lá, excepcionalmente no meio da tarde, mas estava lá. Isso porque o assunto era realmente sério. Pernaut fez aquela cara dos seus dias gloriosos. Parecia ainda mais abatido e revoltado do que quando anunciava que um bando de selvagens árabes e negros havia agredido um pobre aposentado francês para tomar dele sua parca pensão. "Os Estados Unidos estão sendo atacados por terroristas árabes! E com isso, todo o mundo civilizado é afetado pelos ataques brutais da barbárie terrorista dos árabes…": Pernaut pegou pesado logo de entrada. A notícia era realmente verdadeira. Aquilo estava acontecendo nos Estados Unidos. Cinco gatos-pingados, armados com canivetes, tinham burlado todos os sistemas de segurança, driblado todos os serviços de inteligência, enganado todas as agências de espionagem e transformaram aviões civis cheio de seres humanos e querosene, dois elementos naturais particularmente explosivos até mesmo separadamente, em bombas voadoras. Agora, ao vivo e para todo o mundo, eles estão competindo para saber quem tem a aterrissagem mais original e mortal. Um grupo desses terroristas de opereta teria inclusive conseguido lançar um enorme Boeing em cima do Pentágono, o Ministério de Defesa dos Estados Unidos. O Pentágono, que, a princípio, é um dos locais mais seguros do mundo. Num documentário no M6, Kassoum tinha visto que, se uma mosca sobrevoasse o Pentágono sem autorização devidamente preenchida, notificada e assinada, ela seria pulverizada por baterias antiaéreas de precisão cirúrgica. E agora um idiota estava fazendo manobras mortais no estacionamento do Pentágono com um Boeing inteirinho! Se não fosse por Jean-Pierre Pernaut, Kassoum teria achado que toda aquela história era uma piada de mau gosto feita por pessoas com inteligência de molusco. A polícia togolesa seria capaz de perceber uma conspiração dessas sem muito esforço e sem ser obrigada a consultar um vodúnsi.[27] Até mesmo Houphouët-Boigny, grande mestre em inventar conspirações fictícias contra o próprio regime, teria recusado um roteiro desses se fosse proposto por seus conselheiros, por anorexia imaginativa.

Porém, tanto no 1 quanto no 6, saía fumaça das torres gêmeas, enquadradas bem no centro, em 16:9, pelas câmeras HD broadcast das redes de televisão CNN, NBC, HBO, ABC etc., todos esses canais estadunidenses com ATL, abreviações de três letras. Como quando se forma uma aglomeração depois de um acidente de trânsito, com Kassoum, o planeta inteiro havia se transformado em um indecente *voyeur* televisivo da desgraça alheia. Plano geral: imagem irrealista com fumaça saindo das torres da península de edifícios de Manhattan. Primeiro plano: impressionantes nuvens de fumaça escura nas fachadas dos edifícios em chamas. Primeiríssimo plano: chamas se propagam nos andares situados acima da área atingida pelo Boeing, alguém agitando uma grande cortina branca pedindo socorro, homens de terno e gravata saltando no vazio, ainda segurando suas pastas... Havia horror em todos os planos. Então as vozes dos comentaristas da tevê dispararam em longas perífrases, repletas de adjetivos qualificativos. Era o mesmo tipo de comentários de quando um Ronaldo, um *Pibe de Oro*, um Romário, um Butragueño ou um Rivaldo avançavam na grande área com a bola no pé. Telerrealidade. Terrível realidade. CEO e faxineiras, *golden boys* do mercado financeiro e seguranças, mensageiros e diretores, todos que minutos antes não tinham a mesma fortuna agora compartilhavam o mesmo destino trágico em duas prisões idênticas de fogo, ferro e concreto.

Kassoum não conseguia mais ficar parado na sua ridícula minicabine pré-fabricada, mirante lamentável em meio às carcaças e às edificações vazias dos ex-Grands

---

27   Vodunsi: xamã vodu.

Moulins de Paris. E, para piorar a desgraça, Joseph estava latindo e uivando que nem louco. No meio do que estava acontecendo, Kassoum havia se esquecido de dar a porção de ração dele. Para fazer o pastor-de-beauce ficar quieto, ele correu para fora com o dobro de ração, atravessando a passos largos o pequeno pátio que o separava da casinha que havia improvisado debaixo de uma espécie de enorme saída de ar. Kassoum encheu a tigela do canídeo gigante até a borda, fez o caminho de volta ainda mais rápido para continuar sua hipnose televisiva. Mas, quando ele ficou novamente na frente da Aya, algo havia mudado. Uma enorme nuvem de fumaça e poeira agora estava cobrindo as lentes das câmeras. Aya estava cega por uma concentração particularmente alta de partículas de cinzas em suspensão, que se moviam na velocidade do vento de uma explosão de várias toneladas de TNT. De documentário dramático, mas relativamente tranquilo, passamos ao grande sucesso do verão, a superprodução hollywoodiana de maior bilheteria. Exceto que, nela, Bruce Willis havia se escondido, Will Smith havia sumido, Arnold Schwarzenegger sofria de miastenia. Sob seus olhares impotentes, a primeira torre do World Trade Center, a primeira torre do Centro Comercial do Mundo, estava desabando por cima de suas pernas longas e bambas, com os milhares de homens e mulheres que estavam lá em seu ventre em busca de fortuna. Assim que a poeira se dissipou, a segunda torre começou a encolher num indescritível estrondo coberto pela voz de uma mulher gritando *"oh my god"* histéricos bem perto da câmera principal, que exibia os dois terços superiores da segunda torre, o que no meio cinematográfico é chamado de plano americano. O cinegrafista não se deixou abalar pela histeria coletiva gerada por esse espetáculo assustador. Ele permaneceu estoico. Não tremeu, não fez como os outros cinegrafistas, que acompanhavam a queda do gigante com suas lentes se movendo e dançando em passos descontrolados diante da fuga daquele acontecimento para o qual nenhum ser humano, nem mesmo estadunidense, estava preparado. Não, esse cinegrafista era de outro planeta. Esse cinegrafista não pestanejou, seu enquadramento não se mexeu. Mas a torre foi progressivamente ficando fora de enquadramento, desaparecendo devagar nas enormes nuvens de poeira criadas pela pulverização andar após andar. Saindo de cena. Majestosa. Assim desapareceu a segunda torre.

Por uma ironia do destino, a última coisa dela que se viu foi a antena de televisão que orgulhosamente era ostentada no topo. Kassoum não sabia o que pensar. Pernaut e seus colegas assumiram o controle. Três mil, seis mil, dez mil... já começava a litania lúgubre de especulações sobre o número de mortos soterrados sob os escombros das gêmeas recém-pulverizadas. Os especialistas correram até palcos improvisados para a ocasião para dar suas opiniões embasadas. No entanto, a realidade ultrapassava até mesmo os roteiros mais insólitos. Mas eles não tinham a humildade de reconhecer isso. E continuavam a disseminar elucubrações angustiantes. De tanto escutar os sinistros especialistas sobre as mais diversas questões, Kassoum pulou de susto quando ouviu o rangido do portão corrediço da entrada dos ex-Grands Moulins: a troca de turno. Jaqueta azul, calça preta, sapatos pretos, Ossiri entrou. Como uma criança empolgada, Kassoum correu até ele.

"A partir deste dia, o mundo não vai mais ser o mesmo. Em uma semana, no máximo, você e eu ficaremos sem trabalho. Pelo menos, não ficaremos mais com o Tio Ferdinand." Eis como Ossiri conclui seu raciocínio. Kassoum se deixou levar por sua voz calma, seus gestos confiantes, seu olhar profundo. Tinha escutado tudo quase religiosamente. Ser tão lúcido num momento desses... Kassoum sempre fora fascinado por Ossiri. No dia em que chegou na Meci, foi o próprio Jean-Marie, chefão do tráfico de quartos, que veio lhe impor os nove metros quadrados do quarto 612, onde já havia três pessoas. Ossiri tinha o olhar perdido e era fácil ler em seus olhos que estava se perguntando onde é que tinha ido parar. Que lugar maluco era aquele bem no centro de Paris? Em que tipo te pesadelo ele foi se enfiar?

Kassoum tinha visto muitos recém-chegados fazerem a mesma cara quando chegavam à Meci. Principalmente aqueles que vinham direto do aeroporto. Quando saíam de Abidjan para Paris, achavam que tinham trocado o inferno pelo paraíso. Essa era a mentalidade de todo abidjanês, candidato ou não à imigração. Depois de tanto sacrifício, de tanto dinheiro distribuído aos *cannoniers*, especialistas em documentos oficiais falsos, depois de longas e humilhantes filas nos guichês do consulado francês, depois da grande noitada organizada para festejar o precioso visto Schengen, depois do cerimonioso adeus e das intermináveis bênçãos que o acompanham... quando finalmente chegam a Eldorado, quem podia imaginar estar em uma espelunca tão acabada, insalubre, decadente e superlotada em pleno coração da capital da Gália; um pântano tão fedorento em pleno coração do "paraíso"? Um meciano veterano tinha conseguido trazer sua filha de treze anos. Instalou-a na suíte meciânica que ele dividia com a amante, as duas filhas dela ainda crianças e o cachorro com o qual ele trabalhava. As suítes meciânicas eram os maiores quartos da Meci. Com banheiro com ducha e cozinha integrados, tinham quase dezesseis metros quadrados. Organizando bem algumas placas de compensado baratas, dava para subdividi-las em vários compartimentos para simular uma sala e um quarto, até mesmo dois: um luxo só. Assim que passaram a euforia e os cumprimentos de boas-vindas, a garota que chegou de

Abidjan não pôde deixar de perguntar ao pai quando ele a levaria para a casa dele, sua casa de verdade em Paris. A história se espalhou bem rápido por todo o prédio, deixando alguns moradores com cólicas abdominais.

Kassoum, por sua vez, nunca teve cara de recém--chegado. Quando alguém viveu por onze anos no Colosse, um dos piores guetos entre os guetos de Treichville, qualquer outro lugar é um extremo luxo. O Colosse era um emaranhado de barracos de madeira amontoados entre o lastro da via férrea e os pilares da antiga Ponte Houphouët-Boigny que atravessava o braço da lagoa que separava Plateau[28] e Treichville. A ponte tinha dois níveis. Na parte de cima, circulavam os carros. Na de baixo, num longo túnel de concreto armado, passava o trem, o único trem do país. No ritmo de uma viagem a cada vinte e quatro horas, ele conectava Abidjan e Bobo Dioulasso à vizinha Burkina Faso. Começando primeiro por casebres precários escondidos ao pé da ponte, os desesperados, os largados à própria sorte, os SDF — sem domicílio fixo —, os SMR — sem moradia regular —, os engraxates, os pequenos vendedores e vendedoras ambulantes, sem falar nos assaltantes, os mãos-leves do pesado banditismo, os batedores de carteiras, os cafetões e as putas baratas, todos aqueles para quem o vento da bonança do cacau marfinense estava a anos-luz de distância colonizaram aos poucos o túnel do trem. Assim, longe da vista de todos, nasceu um dos guetos mais aterrorizantes, uma das quebradas mais temidas da cidade. A ponte e o túnel ofereciam proteção natural contra as intempéries, portanto, no Colosse,

---

28   Plateau: centro administrativo e distrito comercial. Dacar, Brazzaville ou Abidjan... a administração central de muitas capitais coloniais ficava "no Plateau", um distrito geralmente situado num plano elevado para marcar sua importância ou demonstrar o que estava por vir!

a menor das preocupações era saber onde dormir e em que condições. Todos os dias, só era preciso encontrar o que comer. Dormir era a pior coisa quando a fome vinha torturar. "Quem dorme, come." Quem disse uma bobagem dessas nunca teve que ficar acordado por causa das contorções e dos gritos de oito metros de tubos digestivos cheios de ar. Nunca foi acordado no meio da noite por um cérebro em ebulição totalmente sujeito aos ditames de uma barriga vazia, ordenando e exigindo que se procurasse algo para comer, pelo meio que fosse necessário. No Colosse, o que importava não era onde você dormia. O que importava era o que você fazia na cidade antes de ir se refugiar no gueto.

Kassoum chegou na Meci com pertences que nem sequer enchiam uma sacola plástica da Leader Price que um primo lhe havia emprestado. Embora já houvesse três colchões espalhados pelo chão, o quarto 612 surtiu nele o efeito de palácio. Ele ficou tão entusiasmado e contente de morar na Meci que logo foi adotado por três colegas de quarto e alguns veteranos da moradia. Kassoum chamava todo mundo de "paizão". Era uma demonstração de respeito à qual todo marfinense era sensível. E, nos guetos, só era possível sobreviver com a multiplicação das demonstrações de respeito aos "mais velhos", que não necessariamente eram mais velhos, e sim alguém que estava lá antes de você e supostamente sabia muito mais que você. Na Meci, não havia assaltantes ou batedores de carteira, mas Kassoum entendeu rápido que, assim como o Colosse, a Meci era um gueto. E sobreviver no gueto ele sabia. Por trás do ar ingênuo, ele sempre estava dois passos à frente dos demais. Não deu mole quando um cretino do segundo andar que ele havia substituído por uma semana no trabalho se recusou a lhe pagar um mísero franco do fruto do seu trabalho. Ele assumiu discretamente o papel de garoto de recados de Jean-Marie, o chefão dos aluguéis de quartos e pseudopresidente dos moradores do prédio em ruínas. E, um dia, surgiu a oportunidade que ele tanto esperava. No gueto, uma oportunidade como aquela certamente o tornava um semelhante, mas sobretudo determinava as demonstrações de respeito ou de foda-se às quais você teria direito. Naquele dia, diante de uma plateia atônita de mecianos, ele enfiou um píton, uma cabeçada magistral, em um "estrangeiro" que foi incomodar um morador. Um lance de dívida. Isso não tinha nada a ver com Kassoum, nem de perto nem de longe. Com essa "cabeçada sacana", como se diz no Colosse, ele não desperdiçou a oportunidade de demonstrar para os demais que até podia ser um grande estorvo, mas, a partir do momento em que fizesse parte da "família", podiam contar com ele. O recado foi dado. Todos os guetos do mundo eram parecidos. Na manhã seguinte, Jean-Marie lhe apresentou o Tio Ferdinand e, na noite do outro dia, Kassoum estava vigiando uma fábrica abandonada, sendo puxado de um lado para o outro por um cachorro chamado Joseph: seu primeiro emprego, o primeiro emprego de verdade em toda a sua vida.

"Presta atenção: monitoramento remoto, segurança pessoal, transporte de dinheiro, lugares sensíveis, técnicas avançadas de prevenção de incêndio, usinas nucleares, megaestruturas etc., tudo aquilo que em termos de segurança é lucrativo do ponto de vista econômico e supostamente complexo do ponto de vista técnico, deixamos para os brancos. Roubos em lojas ou canteiros de obras, impedir que invasores entrem num local, registro de entradas e saídas, observar variações nas telas de monitoramento, garantir uma simples presença dissuasiva, garantir que as grades de proteção não vão ser ultrapassadas em shows e eventos públicos etc., nada disso é muito complicado. Mas, para uma empresa grande, isso implica mais funcionários, mais taxas, mais impostos, mais logística, resumindo, problemas demais para dinheiro de menos. A subcontratação foi imposta de maneira rápida e massiva como forma de continuar ganhando dinheiro enquanto os outros trabalham. Capitalismo puro. Coisas simples de se executar, pode deixar que os negros dão conta. Além disso, quando há muita necessidade de mão de obra, eles podem facilmente chamar seus 'irmãos'. Pior que isso nem é racismo, nem é questão de cor. É só questão de grana, mesmo, amigão. Foi assim que o Tio Ferdinand e os outros marfinenses mais velhos que estão em Paris montaram firmas que chamam com certo exagero de firmas de segurança. Kassoum, todo esse sistema funciona porque, na verdade, não tem nada para vigiar. Até hoje, basta a mera presença de um negão para passar a sensação de que o lugar está em segurança. Sensação, Kassoum, sensação, nós só administramos a sensação de segurança.

"Mas agora, com o que está acontecendo em Nova York, eu te garanto que os brancos vão reassumir o controle das coisas. De hoje em diante, vai ter mesmo coisas para serem vigiadas, intrusos para serem interceptados, lugares para serem realmente protegidos, de modo profissional. A sensação de insegurança ficou maior que as torres defuntas, mesmo colocando uma em cima da outra. Vai precisar de muito mais para satisfazê-la. No mínimo, de muito mais que a mera presença de um negão. As exigências para conseguir um trabalho serão bem maiores a partir de agora. Eles vão examinar os nossos documentos com lupa antes de deixar a gente ficar de pé na frente de qualquer placa de merda.

"Kassoum, o mundo inteiro acaba de entrar na era da paranoia, a época da segurança total. A partir deste dia, o mundo não vai mais ser o mesmo. Posso te dizer sem a menor dúvida que dentro de um mês, ou um pouco mais, você e eu ficaremos sem trabalho. Pelo menos, não ficaremos mais com o Tio Ferdinand."

Kassoum se lembrou. Tudo aconteceu exatamente como Ossiri havia dito. As horas de trabalho foram se diluindo aos poucos até desaparecerem completamente. Em poucos meses, não se viu mais o Peugeot 205 GRD do Tio Ferdinand, que vinha buscar os agentes especiais da Meci. Todas as firmas de segurança agora precisavam ter uma autorização especial da Secretaria de Segurança para continuar funcionando. Até mesmo para um simples cargo de ADS — agente de segurança —, coisa que Kassoum havia feito sem nenhum problema durante anos, agora era necessária uma autorização que a prefeitura só liberava depois de verificar a permissão de residência e mediante apresentação de um atestado de antecedentes criminais, tão virgem de delitos quanto o útero de Maria era virgem de paus palestinos. Os homens que Tio Ferdinand tinha o costume de pôr para trabalhar achavam que logo ele obteria a famosa autorização e as coisas voltariam a ser como antes. Já quem nunca havia trabalhado com ele, ou quem tinha sido demitido por algum motivo, garantia que Ferdinand tinha ido à falência fazia tempo, mas mentia de modo descarado com a desculpa da autorização da prefeitura. Tudo isso para não pagar os salários de quem ainda não tinha recebido. E, como uma desgraça vem sempre acompanhada de seus irmãos, irmãs e primos mais ou menos distantes, também corria o boato de que logo mais todos seriam expulsos da Meci. Quem estava lá havia mais tempo dizia que não era a primeira vez que isso acontecia. Eles achavam que não ia dar em nada, como sempre, e ninguém ia ter coragem de colocá-los para fora com suas famílias em pleno inverno. Quem estava lá havia menos tempo não contradizia os veteranos, mas estava procurando às escondidas um novo lugar para ficar, pois nunca se sabe! Em Paris, o Ponia, a MEC e algumas ocupações míticas da comunidade africana tinham sido evacuadas *manu militari*, apesar dos habituais protestos das associações de esquerda e de todas as organizações profissionais em defesa dos oprimidos e dos desvalidos. Os novatos pareciam mais lúcidos, ou mais conformados, porém evitavam demonstrar aos demais.

Na Meci, todos os boatos eram metade falsos, metade verdadeiros. E eram mais numerosos e fantasiosos à medida que a ociosidade era maior. Se não tinha trabalho de segurança na cidade, não tinha ninguém trabalhando na Meci. Então os boatos estavam certos. Como em qualquer gueto do mundo, os mecianos não eram de se mexer. Ficavam entre si, trancados no porão da própria miséria, incapazes de uma simples caminhada ao ar livre no convés de sua galé. Nenhuma parede, nenhum carcereiro os prendia fisicamente. A Place d'Italie e seus vários cafés ficavam a dois minutos a pé, a Rue de la Butte-aux-Cailles e seus bares badalados, a cinco. Os jardins de Bercy ficavam a três estações de metrô. Até o grande pátio do hospital da Pitié-Salpêtrière, a dois passos da Meci, era um formidável passeio no coração de Paris, ao menos para quem se dignasse a ir dar uma volta por ali. Mas, na maioria dos seres humanos, o gueto, rico ou pobre, estreita o horizonte, cria barreiras na mente. Era como se, ao adquirir o hábito de sair da Meci, eles tivessem medo de se acostumar a coisas boas demais, a coisas normais, coisas simples como uma entrada de prédio limpa, banheiros limpos, descarga funcionando, escadas regulares, paredes sem manchas, sem ratos nem baratas, lixeiras vazias... "O pior da miséria é se acostumar com a falta."[29] Kassoum conhecia bem essa síndrome do gueto. Tinha vivenciado isso intensamente no Colosse. Ele não ia passar por tudo isso de novo em Paris. Ele via Ossiri sair todas as manhãs para só voltar tarde da noite. Então decidiu acompanhá-lo.

---

29 KIPRÉ, Michel Alex. *Sang pansé*. Coleção Harmattan Côte-d'Ivoire. Paris: Harmattan, 2012.

Uma visita aos setores gratuitos do Museu do Louvre; uma exposição de fotografia numa casa esquisita perto de Saint-Paul, que não ficava longe da Place de la Bastille; um passeio interminável ao longo do Canal de L'Ourcq; uma caminhada no cemitério do Père-Lachaise; várias visitas na casa de homens e mulheres brancos que visivelmente eram amigos dele; uma festa no 18º Arrondissement, a dois passos do mercado ilegal de Château Rouge, na casa de um antilhano onde havia gente de todos os tons de pele imagináveis; vários shows menores e gratuitos nos bares de Belleville; tomar café em terraços onde você podia conversar com vizinhos que não percebiam que você vinha do Colosse, em Treichville; peregrinação em uma midiateca onde havia mais discos de músicas africanas do que em Abidjan inteira; uma casa noturna na Bastille onde todos os leões de chácara eram antigos bandidos de Abobo[30] e até uma peça de teatro numa sala minúscula em Ménilmontant... Ao acompanhar Ossiri, Kassoum fez coisas inimagináveis. Em quatro semanas, visitou mais lugares, entendeu mais sobre cultura, conheceu mais gente, aprendeu mais coisas do que em quatro anos vivendo na França e trancafiado na Meci. Em quatro semanas, Kassoum aprendeu não apenas que estava no exterior, como que também tinha viajado. Ossiri lhe mostrou que ele estava em outra cultura, num outro mundo, com suas belezas e feiuras, seus poços sem fundo e seus picos do Himalaia, como em qualquer lugar. Ossiri lhe revelou quão rico ele era pelo mero fato de ter viajado. "Kassoum, só por estar aqui, você já é um homem melhor. Melhor que as pessoas do Colosse, porque elas nunca vão conhecer Paris. Melhor que as pessoas de Paris, porque elas nunca vão conhecer o Colosse." Numa tarde, enquanto desciam a pé o Boulevard de l'Hôpital no sentido do Sena, Ossiri pediu que ele olhasse para cima. De início, Kassoum não viu nada. Mas

---

30   Bairro popular na região nordeste de Abidjan.

Ossiri insistiu. Kassoum se sentia um tanto ridículo, parado daquele jeito na calçada, com o rosto erguido observando um céu azul e sem nuvens. Azul. Sem nuvens. Azul. O céu estava azul. Podia parecer banal, mas Kassoum entendeu o que Ossiri queria lhe mostrar. Em Abidjan, o céu nunca estava azul. Sempre estava carregado de um batalhão de nuvens espalhando seus vários tons de cinza mais ou menos intensos. O vento, pastor invisível, as levava de um lado para o outro até que elas ficassem mais espessas, inchando e se tornando grandes cumulus massivos cinza-escuros, até se espalharem sobre a terra em forma de chuvas tropicais violentas. Aquela abóbada celeste limpa pairando sobre a estação de Austerlitz, aquele azul intenso cicatrizado pelas ranhuras brancas deixadas pelos motores de propulsão a jato... Kassoum estava conhecendo.

Kassoum também estava conhecendo Ossiri. O rapaz tímido e reservado da Meci não tinha nada a ver com o ser solar e generoso que estava lhe apresentando Paris. Ele o fazia enxergar a vida de uma perspectiva diferente daquela de imigrante indocumentado, sempre amedrontado com a ideia de uma batida policial inesperada. Na Meci, todo mundo ria das manias um pouco peculiares de Ossiri. Ele lavava as mãos o tempo todo. Limpava os banheiros e a ducha do andar. Tinha uma lixeira particular que esvaziava na lixeira pública do boulevard. Era o primeiro a se levantar, depois enrolava o colchão e o guardava num canto, e sempre saía com uma bolsa grande em que cabiam todas as suas coisas! Corria um boato de que, em Abidjan, ele provavelmente era o *boy*[31] de um branco paranoico e por isso não conseguia deixar de fazer faxina o tempo todo. Mas, para além disso tudo, uma coisa que ninguém entendia sobre Ossiri era o respeito, até mesmo a reverência, que aquela velha raposa desonesta do Jean-Marie tinha

---

31 Na África e na Ásia, *boy* refere-se a rapazes que trabalham executando serviços domésticos. (N. T.)

por ele. Nunca cobrou o aluguel dele aos berros e nem sequer dava um pio quando, vez ou outra, Ossiri colocava o colchão na antiga sala de estudos para passar a noite. A sala de estudos era o grande negócio de Jean-Marie. Ele a alugava para qualquer tipo de manifestação comunitária. Mas ela era usada principalmente para funerais, os funerais dos Bété. Para eles, os funerais eram o *nec plus ultra* das manifestações sociais. De modo que, cada vez que um Bété morria no planeta, onde quer que tivesse um irmão, uma irmã, um filho, uma filha ou até mesmo um primo distante, pelo menos um velório era organizado. Em geral numa sexta-feira ou sábado, uma adaptação ao expediente de trabalho moderno. Durante o velório, contribuições que podiam alcançar valores exorbitantes eram recolhidas e entregues ao representante da família em luto. Em outras palavras, com a vida difícil que os imigrantes bété levam em Paris, a perda de um parente próximo não era uma notícia tão ruim assim. Os Bété de Paris organizavam quase todos os seus velórios na Meci. A locação da sala era barata, e nenhum marfinense daquele prédio velho se incomodava com a perturbação sonora dos funerais bété. Cultura. Além disso, a maioria deles era indocumentado. Ninguém ia se atrever a chamar a polícia por perturbação do sossego. Prova. Jean-Marie prosperava. A sala de estudos era o único lugar bem conservado de toda aquela espelunca que era a Meci. Ele tinha bastante ciúme dela. Motivo pelo qual todo mundo ficava surpreso quando Ossiri ia se refugiar lá.

Em Paris, todo ano, entre 1º de novembro e 31 de março, era proibido despejar qualquer inquilino honesto ou desonesto, qualquer ocupante legal ou não de um imóvel, caso ele estivesse morando de forma permanente, isto é, com colchão e cobertor. Ossiri não sabia se isso acontecia por mero costume ou por causa da lei do intransigente código civil napoleônico que continuava regulamentando a vida dos franceses e todas as suas conquistas coloniais mundo afora, inclusive a Costa do Marfim. Ele explicou a Kassoum que era uma espécie de trégua humanitária imposta pela meteorologia. Naquelas latitudes, todo mundo sabia, inclusive Thénardier, o "titio" malvado de Cosette em *Os miseráveis*, que não era muito bacana dormir fora no inverno e acabar morrendo de frio. A ordem de despejo de todos os ocupantes do nº 150 do Boulevard Vincent-Auriol chegou durante o mês de março. O fim geográfico do inverno era 21 de março. Usando termos bem marciais, a ordem de despejo determinava que todo mundo tinha que desocupar o prédio até 31 de março, o fim administrativo do inverno. Se isso não fosse acatado até essa data, a ordem estipulava o despejo pelas autoridades competentes no dia 1º de abril, primeiro dia depois do fim da trégua de inverno. Isso era sério. Quando as associações humanitárias do bairro apareceram para apoiar os mecianos, todo mundo percebeu que, daquela vez, já era. Associação pelo Direito à Moradia, Restos du Cœur, Médicos do Mundo... quanto mais essas associações humanitárias chegam perto de você, pode ter certeza de que mais afundado na merda você está. Frequentemente, seus membros tinham o sentimento cristão de serem os portadores de uma esperança que vinha apenas do seu comprometimento social. Mas para os indocumentados e a população carente em geral, eles representavam os símbolos ambulantes do seu desespero e a fotografia realista de sua triste situação. Faltava menos de uma semana para se chegar a uma solução, até que Kassoum se deu conta de que cada morador da Meci já tinha um plano B. Mas, nos últimos dias antes do despejo, tudo se resumia a ser o mais ativo possível no "front de resistência". Era preciso mostrar, demonstrar, da maneira mais espetacular possível, como era injusto botar pessoas negras, pobres e indefesas no olho da rua. Era preciso gritar o mais alto possível sua indignação, sua raiva e, de preferência, com as mais belas frases possíveis. A imprensa gostava disso, indignações berradas em belos volteios linguísticos. Isso tornava a luta rádio-telegênica. Com Jean-Marie na liderança, a Meci inteira de repente havia se transformado num ninho de esquerdistas radicais, de críticos ferrenhos do capitalismo egoísta, de acusadores das injustiças sociais. Todo mundo havia se tornado um inocente bode expiatório da "política xenófoba" de um "governo fascista". A dimensão do prédio a ser desocupado, a quantidade significativa de moradores, além da mobilização das associações do bairro, acabaram chamando a atenção de alguns órgãos de imprensa. E logo começou a disputa dos mecianos para ver quem ia tomar a palavra, só para receber o título bastante cobiçado de porta-voz dos estudantes. Sempre que um microfone Shure, Rode, Sony ou Sennheiser era oferecido ou uma câmera de mão exibia um pedaço de lente Zeiss, começava o embate de discursos, a guerra dos porta-vozes. Todos tinham contraído a *síndrome de MSB*.

No final da década de 1990, para evitar a expulsão da França, um grupo de indocumentados se refugiou na igreja Saint-Bernard, no 18º Arrondissement de Paris. A França, filha primogênita da Igreja, não ia se atrever a achincalhar um lugar onde todos os domingos acontecia a partilha bimilenar da santa eucaristia. Os indocumentados às vezes tinham boas ideias. A polícia sitiou o lugar sagrado. A mídia correu para testemunhar o confronto desproporcional.

Durante todo o cerco, tanto a imprensa de esquerda quanto a de direita encontraram um queridinho senegalês que atendia pelo nome doce e caricato de Mamadou. Na verdade, ele se chamava Ababacar Diop, mas, por se tratar de um negro, chamá-lo de Mamadou era mais simples e mais fácil de pronunciar. Mamadou tinha boa aparência e falava francês sem um sotaque tão acentuado e muito melhor que a maioria dos analfabetos com quem ele estava na capela. Finalmente, a França inteira pôde associar um rosto e uma voz à condição de um indocumentado, um clandestino, um irregular. Claro, nem a mobilização em torno do caso, nem as belas frases de Mamadou foram suficientes para impedir uma ação brutal e espetacular das forças de ordem na igreja. Sob as ordens de Jean-Louis Debré, os policiais arrombaram as portas da igreja com machado e aríete. Uma operação medieval. Indocumentados, padres, freiras, jornalistas, vizinhos solidários, militantes de esquerda, transeuntes aleatórios etc., todo mundo, dessa vez sem distinção de raça, foi posto para fora da igreja que nem cachorro. Após um procedimento muito simples de triagem colorimétrica, todos os negros foram distribuídos em camburões, cujas sirenes berravam. As turbinas dos aviões fretados já estavam aquecidas na pista do aeroporto Roissy, então não demorou muito para aqueles indocumentados chegarem a Dacar ou Bamako. Ninguém sabe se Mamadou fez a viagem. Também ninguém sabe direito como, meses depois, nosso querido Mamadou conseguiu obter sua documentação. A história dele acabou sendo muito "conto-de-fadizada" depois que ele ganhou milhões de francos bem franceses, num estranho caso de plágio de nome de domínio, da Vivendi Universal. Desde então, cada vez que uma expulsão se torna midiática, todo mundo sonha ser The Mamadou: Síndrome de MSB, Síndrome de Mamadou de Saint-Bernard.

Jean-Marie era quem estava levando a melhor nessa disputa. Mas infelizmente para ele, a expulsão não foi muito veiculada pela mídia. Deviam estar acontecendo coisas mais espetaculares no noticiário nacional e internacional naquele momento. Aliás, não fazia muito tempo, a expulsão de uma ocupação de africanos em Arcueil tinha esgotado um pouco o assunto. Lá, atores e atrizes famosos chegaram até a se expor para defender A Causa, roubando a cena de quaisquer porta-vozes negros. Os agentes da CRS, a polícia federal francesa, evacuaram a Meci sem muita dificuldade e sem causar confusão. Houve alguma gritaria, um pequeno tumulto, mas no fim ninguém foi capaz de lutar com sinceridade pelo direito de continuar vivendo em um imóvel tão deteriorado e insalubre. Ninguém em sã consciência.

Ossiri havia encontrado um pequeno apartamento para compartilhar, em cima da Chapelle des Lombards, uma casa noturna que não ficava longe da Place de la Bastille. Ele foi morar lá com Kassoum. Era a residência oficial do leão de chácara da casa. Em teoria. Ossiri conhecia Zandro, o cara durão dessa boate, desde Abidjan. As brigas da escola costumavam colocar um contra o outro. Quando Ossiri e Zandro se reencontraram por acaso, num dia de verão, em frente à Ópera da Bastille, a lembrança das rixas estúpidas da época logo os uniu. Durante a noite, Zandro cuidava da entrada da "Capela" embaixo, enquanto Ossiri e Kassoum dormiam em cima, embalados pelas vibrações graves das caixas. E durante o dia era a vez de o fisionomista dormir enquanto os outros iam procurar um trabalho qualquer. E graças aos conhecidos e amigos de Ossiri, Kassoum nunca ficou sem trabalho. Mudanças, montagem e desmontagem de feiras, remoção de entulhos, jardinagem etc., onde quer que aparecesse uma oportunidade de trabalho, Kassoum se candidatava. Mas, quando os atentados terroristas migraram para a Europa com as bombas no trem da estação de Madri, a profissão de segurança, paradoxalmente, voltou a ser uma opção para pessoas em situação administrativa duvidosa, como Kassoum. Os atentados nos ônibus de Londres aceleraram esse movimento, paradoxal à primeira vista. Precisavam cada vez mais de mão de obra e de olhos para vasculhar bolsas e lixeiras, fiscalizar vias de acesso, escolher quem entra ou não... Os "de pé, tá pago" estavam de volta. Mas não as firmas subcontratadas administradas pelos velhos marfinenses na França. Suas empresas tinham afundado, tinham sido engolidas pela falta de confiança dos clientes e pelas novas exigências municipais. Os novos empregadores, os que podiam ter contratos e permissão de funcionamento, agora eram brancos.

Toque de interfone, olhares atentos na tela de controle da câmera de vigilância, botões apertados, rangido de fechadura, liberação de passagem, um homem ou uma mulher sempre com pressa, um bom-dia resmungado entredentes, bolsas e objetos metálicos colocados numa bandeja de plástico numa esteira, passagem do homem ou da mulher com muita pressa no detector de metais, passagem da bandeja de plástico com bolsas e objetos metálicos pelo raio-X, olhares atentos no monitor do raio-X, o homem ou a mulher com pressa pega seus pertences de volta da bandeja de plástico, agradecimentos resmungados entredentes, homem ou mulher com muita pressa corre pelo saguão na direção dos elevadores, próximo... O trabalho consiste nesse protocolo simples e imutável. Na sua pequena sala iluminada pela luz fluorescente, através de um guichê de vidro emoldurado pela armação de plástico cor de madeira, ele tem uma vista espetacular do detector de metais, do seu detector de metais. O vidro aparentemente é à prova de balas; ele acredita na palavra do fabricante.

No meio desse vidro retangular, o homem negro do qual só é possível ver a cabeça e o torso é Kassoum. Ele está vestindo um paletó preto, uma camisa branca e uma gravata preta. Nesse ambiente frio e despojado, ele se parece com o elemento de um cenário projetado com traços limpos, ao modo da Bauhaus. Um elemento do cenário interativo. Dá para escutá-lo responder com um grande sorriso aos bons-dias resmungados entredentes pelos homens ou mulheres com muita pressa. E, depois do "obrigado" artificial, após liberar a segunda passagem, Kassoum nunca perde a oportunidade de tacar na nuca deles um estrondoso "tenha um bom dia", enquanto eles saem correndo na direção dos elevadores. É muito raro o detector emitir seu lamento estridente ou os raios X acusarem uma bizarrice qualquer nas inúmeras bolsas que eles atravessam impudicamente ao longo do dia. Mas, quando acontece, basta Kassoum apertar um botão para avisar o Posto de Comando, o famoso PC, situado no primeiro andar, bem acima da cabeça dele. Hierarquia do trabalho. Então aparece um agente. Como num passe de mágica. O elemento-surpresa tem a intenção de desestabilizar. O indivíduo suspeito, seja o rei do Lesoto ou a rainha da Inglaterra em pessoa, é rapidamente isolado em uma pequena sala de revista enquanto os outros homens e mulheres com muita pressa continuam a passar como se nada de anormal estivesse acontecendo. Os homens e as mulheres com muita pressa não têm tempo para lidar com um energúmeno que esqueceu um chaveiro no fundo de um bolso antes de atravessar o detector de metais. Porém, poderia muito bem se tratar de um terrorista tentando passar com um Kalashnikov escondido na cueca. Um desses fanáticos extremistas, de preferência árabe-mulçumano, sedento de sangue fresco de inocentes ocidentais que trabalham em uma das maiores empresas biomédicas do mundo. Para os homens e as mulheres com muita pressa, não há nenhuma diferença entre um distraído e um terrorista.

Eles nem sequer precisam pensar nessas pessoas que fazem o alarme apitar. É justamente para evitar situações como essas que a firma deles paga todo esse exército de seguranças e esses equipamentos de segurança caríssimos.

Kassoum está em seu posto; os homens e as mulheres com muita pressa podem continuar a ter muita pressa todas as manhãs, tranquilamente. Kassoum só enxerga os "entrantes". Todo mundo é obrigado a passar por ali e se submeter a esse cerimonial de entrada. Por isso, o pico de atividade de Kassoum é o horário da manhã. No resto do dia, ele atende a algumas chamadas num telefone sofisticado e cheio de botões, do qual ele só domina três funções: atender, desligar e transferir. Depois do "posto de entrantes", há os "crachazistas", o posto de controle dos registros de documentos de identidade. Ali são distribuídos os crachás aos visitantes, daí o apelido dado por Kassoum. Do outro lado do grande saguão de entrada, fica o posto dos "saíntes". Os postos são numerosos, os procedimentos de intervenção são complexos. Divisão do trabalho. Quanto mais sensível o local, mais numerosos são os postos e mais complexos os procedimentos de intervenção. Portanto, não há espaço para iniciativas pessoais ou diligências. Antes de fazer qualquer coisa, há sempre uma torrente de orientações, ordens e mandatários. Em locais sensíveis, o trabalho do segurança é tranquilo. Se não houvesse tantos chefes de tocaia espalhados pelos corredores e salas, Kassoum estaria no paraíso. De qualquer jeito, é o cargo mais tranquilo que ele já teve desde a bela época dos Grands Moulins de Paris.

Um apito estridente o desperta de seus devaneios. O detector de metais. É uma mulher. Uma mulher com muita, mas muita pressa, que até fez uma cara de desânimo só de pensar em entrar na sala de revista. Quando ela lança um olhar de surpresa para ele, dá para perceber uma súplica nos seus olhos verdes. Olhos verdes como o de sua esposa. Ela está grávida, como sua esposa. Sua bela Amélie, que vai lhe dar um menino em menos de duas semanas. Eles já sabem o nome da criança. Kassoum não vai apertar o botão de alarme do PC. Ele faz um sinal para a mulher com muita, mas muita pressa para continuar seu caminho. Talvez ele tenha cometido um erro profissional gravíssimo. Talvez tenha deixado passar uma perigosa terrorista com uma barriga falsa cheia de plástico C4, o explosivo preferido dos terroristas ocidentais. Talvez. Mas, no seu último dia como segurança, Kassoum não vai ser diligente. Depois de sete anos vivendo na França, ele conseguiu marcar um horário na Secretaria de Segurança. Amanhã, talvez ele obtenha sua primeira permissão de residência. Talvez.

EPÍLOGO

OSSIRI FEZ KASSOUM PROMETER QUE, ASSIM QUE ELE CONSEGUISSE A DOCUMENTAÇÃO, JÁ NO DIA SEGUINTE PARARIA DE FAZER OS "DE PÉ, TÁ PAGO". "NUNCA TE VI TÃO FELIZ QUANTO NOS DIAS EM QUE TRABALHAMOS COM OS JARDINEIROS", DISSE PARA ELE NA LATA.

Dois dias depois, Ossiri saiu e nunca mais voltou. Não se chama a polícia para registrar o desaparecimento de um indocumentado. Afora algumas perguntas feitas a pessoas próximas, ninguém fez nada para encontrá-lo. Aqui, ele não era nada para ninguém e ninguém para todo mundo.

Corria um boato de que ele tinha voltado para Abidjan. O primo de um antigo meciano garantia ter visto Ossiri numa quebrada de Adjouffou, um gueto que ficava colado nas pistas de pouso do aeroporto Félix Houphouët-Boigny, em Abidjan. Ossiri em Adjouffou? Kassoum não acreditava nisso. E outra, como ele teria voltado para Abidjan? Deportado? Ossiri nunca pegava o metrô sem pagar. É verdade que muitas vezes ele contava um sonho delirante e recorrente sobre "recondução à fronteira", no qual havia flores e um coral. Mas Ossiri tinha histórias malucas para cada corredor da Sephora do De Gaule. Além disso, todo mundo sabia que, antes da "recondução à fronteira", tinha a cadeia. Dupla condenação para os indocumentados. Um viciado em heroína estuprador, um golpista de alto nível ou um traficante de crack várias vezes reincidente eram mais bem tratados em termos penais do que um trabalhador tranquilo sem permissão de residência. *Dura lex...* Ossiri sabia disso. Não, era impossível ele estar em Adjouffou. Kassoum não queria acreditar nisso. Ele só tinha a sensação de que não tinha com o que se preocupar. Instinto das ruas. Notícia ruim chega rápido. Um dia, ao trocar de jaqueta, Kassoum encontrou um bilhete com a letra inclinada para a frente de Ossiri: "Deixa o trabalho dos abutres para os abutres". Nascido em Treichville, criado em Abobo atrás da linha do trem, formado no Colosse, vindo quase a pé de Abidjan para a França para ser ocupante na Meci, ele, Kassoum, chorou pela primeira vez diante das palavras.

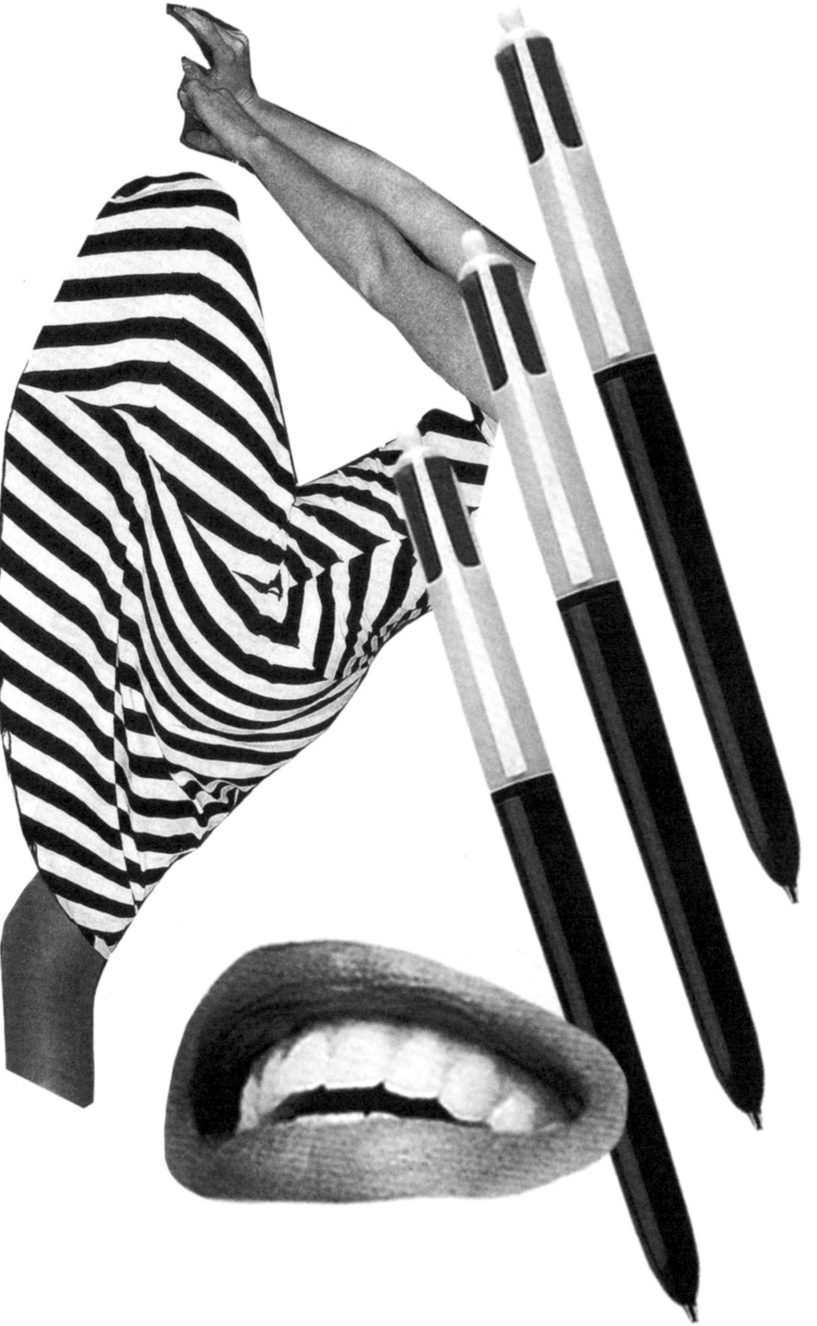

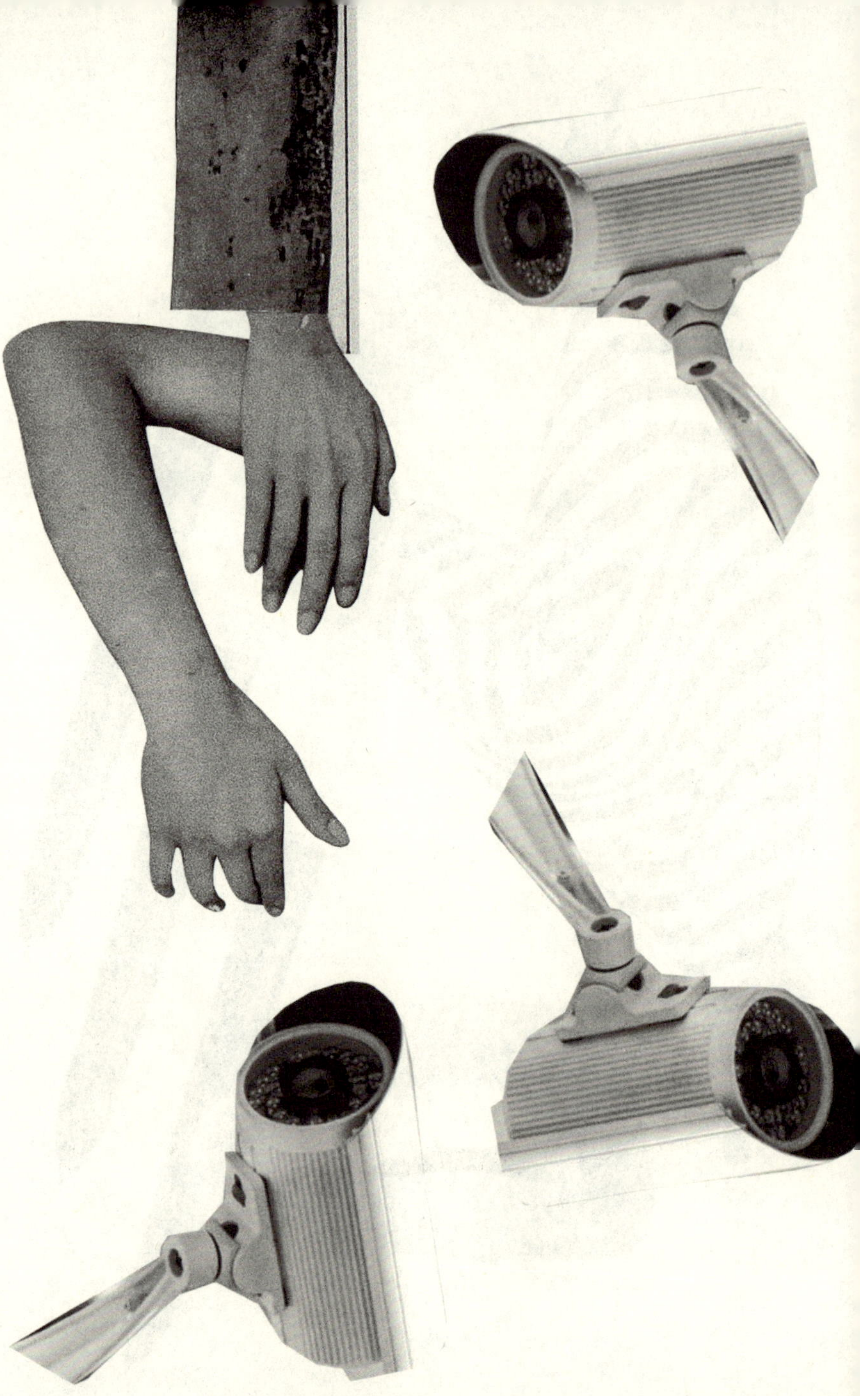

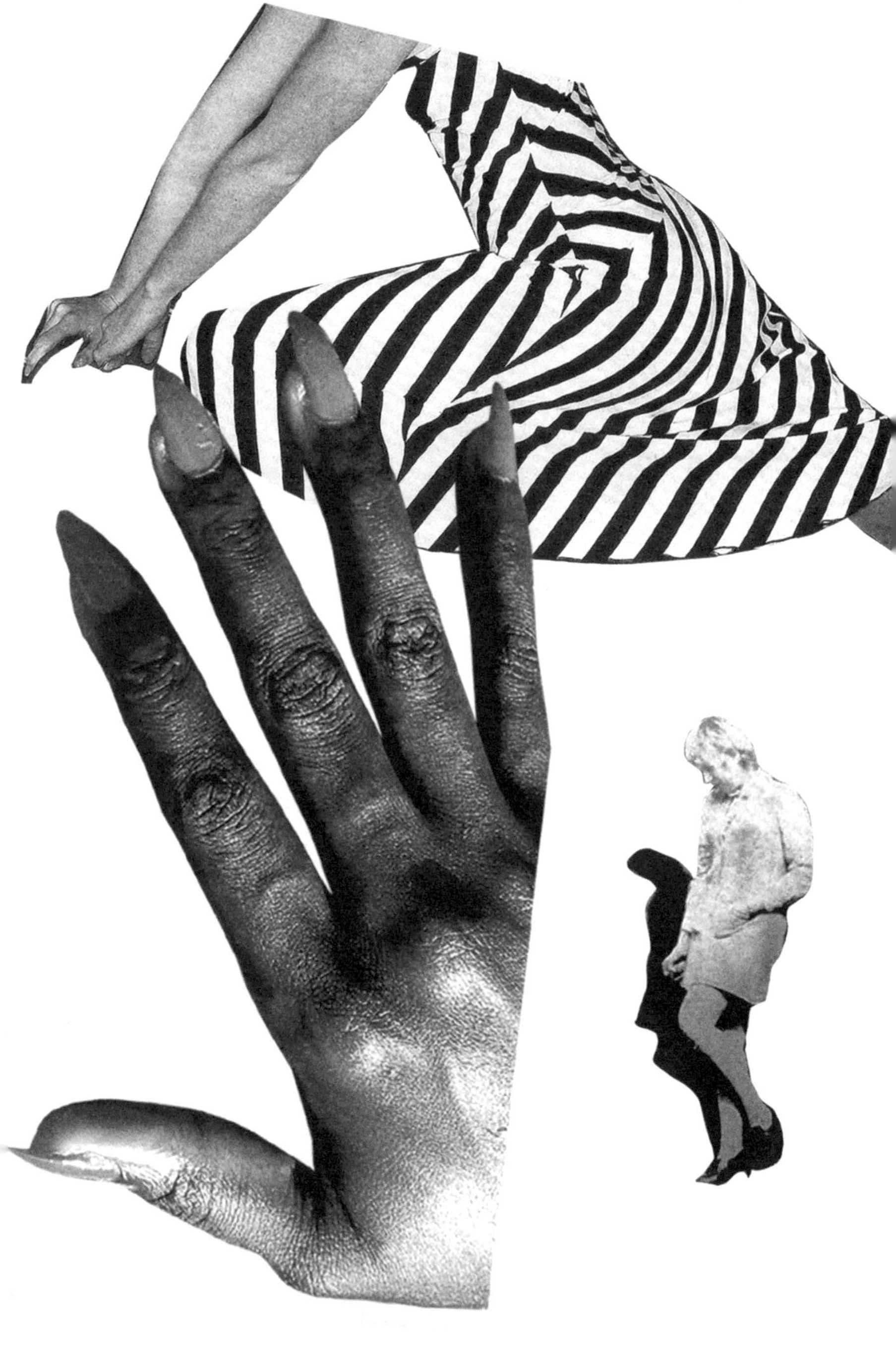

SOBRE O AUTOR

172

Armand Patrick Gbaka-Brédé é meu nome completo tal como consta na certidão de nascimento, o nome que escolheram para mim.

Gauz é diminutivo de Gauzorro, antiga declinação de Gbaka, o nome que escolhi para mim.

Nasci no dia 22 de março de 1971, numa segunda de manhã encharcada pelas primeiras tempestades tropicais das estações chuvosas. O evento se deu no hospital central do Plateau, em Abidjan, por volta das nove horas, horário de congestionamento na capital.

Quando eu tinha quatro anos, meu pai, professor primário, não estava muito contente com sua condição social e resolveu se mudar para a França com a esposa dele, minha mãe, e seu filho mais novo, meu irmãozinho. Eles voltaram cinco anos depois: o pai bancário, a mãe enfermeira particular, o irmãozinho embasbacado de ver tantos negros nas ruas. Nesse intervalo, fiquei pulando de tutor em tutor até me tornar um grande especialista na composição rápida de "famílias descartáveis". O internato em um colégio católico para rapazes me permitiu aperfeiçoar minha técnica a ponto de conseguir viver sem precisar de família até o fim do ensino médio, em 1990.

Na universidade, os orientadores me jogaram no ciclo básico para os cursos de química, biologia e geologia, uma espécie de curso preparatório disfarçado. Fui muito bem nos dois primeiros anos. Até cheguei a receber uma bolsa para estudar medicina veterinária na comuna de Maisons-Alfort. Mas só de pensar em cuidar de cachorros e gatos de "velhas brancas" e carentes me desanimou. Para grande espanto do meu entorno e da faculdade inteira, me recusei a deixar Abidjan. Ninguém se recusa a ir para a França, muito menos com todos os custos dos estudos pagos! Para todo mundo, os feiticeiros tinham lançado algum terrível feitiço em mim. Até porque, oficialmente, eu não tinha muito o que fazer depois do mestrado em bioquímica.

Adorei ficar "sem fazer nada" nos cinco anos seguintes. Nesse período, para não preocupar demais meus pais, disse que iria à França para continuar o curso de bioquímica. Precisei manter minhas promessas por um tempo. Foi assim que me matriculei na Paris 7 Jussieu e, em agosto de 1999, desembarquei em Paris com um visto de turista de três meses. A primeira coisa que conheci na França foi a burocracia. Três meses passam muito rápido para quem quer converter o visto de turista em visto de estudante. Então, logo me tornei um "estudante indocumentado", coisa que, para um funcionário público da prefeitura, significa um "indocumentado" e ponto-final.

Tinha passado por tantos meandros burocráticos, vasculhado tantas legislações, visitado tantas associações em "defesa dos indocumentados" que, quando a mulher (uma francesa) com quem eu vivia ficou grávida, passei da condição de "indocumentado" para a de cidadão francês em menos de dois meses. Tenho orgulho de ter tido uma das permissões de residência mais rápidas da história.

A partir daí, cito um amontoado de coisas que fiz até hoje. Elas se classificam em três categorias:

1. Fazer papel de bobo (para conseguir grana)
2. Fazer arte
3. Ativismo

Um jogo possível seria adivinhar em qual categoria você encaixa as atividades a seguir. Algumas atividades podem se enquadrar em mais de uma categoria. Cuidado com as pegadinhas. Todo mundo tem suas contradições.

– Suporte técnico de programas ou equipamentos de informática
– Segurança de shows de música eletrônica
– Entrevistador para a produção de um filme nos círculos sociais marfinenses de Paris

– Roteirista e redator de diálogos de *Après l'Océan* [Depois do oceano], filme de Éliane de Latour
– Repórter fotográfico e de vídeo para um grupo de ativistas antiglobalização
– Militante pela internet livre na África
– Acompanhante de indocumentado na delegacia
– Consultor da Organização Internacional da Francofonia (OIF) para os roteiros e os pedidos de financiamento de filmes para emissoras de televisão africanas
– Babá
– Fotógrafo de candidato à Presidência da República da Costa do Marfim
– Segurança de uma grife de perfumes
– Diretor de curta-metragens (*Quand Sankara...* [Quando Sankara...], *L'Année du Piver* [O ano do Piver], *Skully, Le D3 tu ne traverseras pas* [Skully, o 3D não vai te atravessar])
– Pesquisas sobre arte moderna e viagens para a escrita do documentário *Mbédé BM, métamorphose d'un reliquaire* [Mbédé BM, metamorfose de um relicário]
– Jardineiro em casas da região oeste de Paris
– Mestre Jedi de jovens fotógrafos marfinenses
– Fotógrafo de moda
– Redator-chefe do jornal de economia *News&co*.

Dados Internacionais de Catalogação na Publicação (CIP)
(Câmara Brasileira do Livro, SP, Brasil)

Gauz

    De pé, tá pago / Gauz; [ilustração Manuela Eichner; tradução Diogo Cardoso]. — 1. ed. — São Paulo: Ercolano, 2025.

    Título original: *Debout-Payé*.
    ISBN 978-65-85960-34-2

    1. Romance marfinense I. Eichner, Manuela. II. Título.

25-277501   CDD-CM896
1. Romances: Literatura marfinense CM896
Aline Graziele Benitez – Bibliotecária – CRB 1/3129

ERCOLANO

Editora Ercolano Ltda.
www.ercolano.com.br
Instagram: @ercolanoeditora
Facebook: @Ercolanoeditora

Este livro foi editado em 2025 na cidade de São Paulo pela Editora Ercolano, com as famílias tipográficas Bradford LL e Wremena, em papel Pólen Bold 70 g/m² e impresso na Ipsis.